07-23
2€
W0359073

LE JARDIN CÉLESTE

DU MÊME AUTEUR

EN ÉTRANGE PAYS, R. Laffont, 1992 ; Rivages-Poche n° 249.
LA SAISON DES ADIEUX, Phébus, 2004 ; 10/18 n° 4118 ; Libretto n° 463 (prix Amphi).
RETOUR AU PAYS BIEN-AIMÉ, Phébus, 2006 ; 10/18 n° 4193.
CETTE VIE, Phébus, 2009 ; 10/18 n° 4380 (prix du Meilleur livre étranger).
DES VOIX PARMI LES OMBRES, Phébus, 2014.
L'HEURE DE L'ANGE, Phébus, 2018 (prix *Transfuge* du meilleur roman africain).

Ouvrage publié avec le concours du Pen Afrikaans Translation Fund

"Lettres sud-africaines"
série dirigée par Georges Lory

Titre original :
Die Hemeltuin
Éditeur original :
Tafelberg, an imprint of NB Publishers,
Le Cap, Afrique du Sud
© Karel Shoeman, 2014

© ACTES SUD, 2022
pour la traduction française
ISBN 978-2-330-17187-2

KAREL SCHOEMAN

Le Jardin céleste

roman traduit de l'afrikaans
par Pierre-Marie Finkelstein

ACTES SUD

Même dans la rue, même dans la foule il l'aurait reconnue : à la manière dont, assise à son bureau, elle avait très vite levé les yeux lorsqu'il était entré, à ses prunelles sombres, à son menton volontaire.

"Nick !" Elle se leva pour l'accueillir. "Enfin, après toutes ces années !"

La poignée de main était ferme, la chaleur de la voix sincère. Prudence était telle qu'il se la rappelait dans sa robe blanche sur le quai de la gare, éblouissante dans la lumière du soleil ; la jeune fille à bicyclette dont les nattes volaient au vent, la jeune fille qui ergotait à la table du petit-déjeuner. Elle avait grandi, vieilli, et pourtant elle était restée indéniablement la même, à tel point que, alors qu'il se tenait là, planté au milieu de la pièce, sa présence réveilla en lui d'innombrables souvenirs et le fit sourire.

"Tu n'as pas changé", dit-il sans réfléchir – elle renversa la tête en arrière et se mit à rire.

"J'ai juste un peu plus de cheveux gris, rectifia-t-elle. Toi aussi, d'ailleurs."

Elle l'observa un instant avec attention, comme si elle cherchait quelque chose sur son visage.

"Grisonnant et distingué, résuma-t-elle.

— Merci pour cet aimable jugement. Si c'est là l'œuvre du temps qui passe, il n'a pas passé en vain.

— Je ne crois pas que quoi que ce soit dans ta vie ait été en vain, Nick, au contraire. Tu es célèbre : à plusieurs reprises, au cours de mes voyages, j'ai rencontré des gens qui te connaissaient, qui connaissaient tes travaux, que ce soit ici, en Angleterre, ou en Europe continentale.

— Oh, j'ai bien écrit quelques livres et fait des conférences. Il se peut que mon nom circule dans certains milieux mais ce sont des cercles restreints, très spécialisés.

— L'important, c'est le travail, non les résultats", dit-elle, semblant perdue dans ses pensées. Comme ils étaient toujours debout au centre de la grande pièce, elle l'invita d'un geste à prendre place tandis qu'elle-même regagnait son fauteuil. "Désolée pour le désordre. Dans des métiers comme le nôtre, on vit en permanence dans le chaos, dans l'urgence, et on a beau faire, l'environnement s'en ressent inévitablement."

Le bâtiment faisait partie d'un ensemble de maisons de maître de style géorgien et la pièce en avait conservé une certaine élégance : les murs étaient tendus de brocart vert un peu passé, un miroir dans un cadre ouvragé trônait au-dessus d'un poêle en céramique, de grandes et hautes fenêtres ouvraient sur le jardin où le soleil printanier allait et venait sur les ormes. Certains meubles étaient de belles pièces anciennes mais l'espace était aménagé de manière fonctionnelle. Le bureau de Prudence disparaissait sous les dossiers, les documents, la machine à écrire et le téléphone ; des étagères ployant sous le poids des livres couraient le long des murs, des boîtes, des cartons et des valises étaient entassés dans les coins et jusqu'entre les meubles. L'ensemble, toutefois, ne donnait pas une impression de désordre : de toute évidence, chaque chose avait sa place et il lui suffirait de chercher quelque objet pour le trouver aussitôt.

"Toi aussi, tu es devenue célèbre. Tu as même été décorée, ce que j'ignorais – je l'ai vu hier sur l'en-tête de votre papier à lettres. Pourquoi ne m'en as-tu jamais parlé dans tes lettres ?"

Elle plissa légèrement le front et repoussa la question d'un geste de la main :

"Comme je le disais à l'instant, c'est le travail qui compte, pas le résultat. Donc, tu as reçu ma dernière lettre ?" poursuivit-elle – il était manifeste qu'elle préférait changer de sujet. "Je n'aime pas écrire dans les hôtels, en général le courrier se perd en cours de route, mais quand je suis rentrée de Yougoslavie il était trop tard pour t'écrire en Afrique du Sud, tu n'aurais pas eu la lettre à temps.

— Je suis ravi que tu aies trouvé un moment pour me voir.

— C'est affreux, rit-elle. C'est la toute première fois que nous sommes tous les deux en même temps en Angleterre et tout ce que j'ai à te proposer, ce sont quelques heures pour déjeuner. Mais comme je te l'ai écrit, j'ai un emploi du temps démentiel. Ce soir, je prends la parole devant une association féminine à Chertsey, demain matin nous avons une réunion ici qui va vraisemblablement durer jusqu'à une ou deux heures, demain après-midi je prends l'avion pour Vienne… Sans compter qu'en plus de tout cela, il y a encore cette exposition qui doit être prête dans deux semaines, un vrai cauchemar…

— Quel genre d'exposition ?

— Le train-train habituel – les réfugiés. Mais c'est important pour nous, nous nous y sommes beaucoup investis et nous en attendons des retombées non négligeables, non seulement en termes de contributions financières mais aussi en matière de visibilité pour notre travail." Il comprit que c'était là une cause dans laquelle elle s'était engagée à fond car elle en parlait avec enthousiasme. "Heureusement, pendant toutes ces années, j'ai rassemblé un tas de choses qui pourront nous servir, mais pour l'instant nous attendons de la documentation de Pologne qui aurait déjà dû arriver la semaine dernière, cela m'oblige à passer des heures au téléphone et en plus, la dactylo qui s'occupe de notre correspondance avec la Pologne est malade…" Elle s'interrompit : "Mais je t'ennuie avec toutes ces histoires, mon pauvre Nicholas – tu vois à quel point tout cela m'obsède en ce moment. En fait, je voulais simplement tenter de t'expliquer pourquoi je ne peux pas te consacrer davantage de temps.

— Moi-même je n'ai pas beaucoup de temps non plus. Ce soir j'ai un dîner et demain je suis attendu à Oxford.

— Un dîner organisé en *ton* honneur, corrigea-t-elle. J'ai vu l'article dans le *Times* ce matin. Tu es trop modeste, Nick.

— Et toi donc, ajouta-t-il dans un sourire, avec tous tes titres et tes décorations dont je ne savais rien ?"

Elle eut de nouveau un geste agacé :

"Je viens tout juste de réussir à arrêter de fumer. Ça, c'est quelque chose dont je suis fière.

— Autrefois, tu fumais en cachette – derrière les serres, dans le jardin, avec le petit jardinier. Patrick", se souvint-il soudain ; il revit comme si c'était hier le jardin et le garçon auquel il n'avait plus pensé depuis des années.

Prudence éclata de rire, un rire spontané et exubérant d'adolescente :

"Vraiment, tu t'en souviens encore ? Patrick ! C'est bien ça. Maman s'est aperçue que je fumais, cela a donné lieu à des drames sans fin et ce pauvre Patrick est tombé en disgrâce. Ensuite, pendant la guerre, il a été mobilisé – je me demande ce qu'il est devenu." Son regard erra un instant dans le vide cependant qu'elle souriait, amusée par ce souvenir. "Maman m'avait dit que mon comportement n'était pas digne d'une jeune dame – en quoi elle avait parfaitement raison. Je n'ai jamais reçu l'éducation pour en devenir une, puis la guerre est arrivée et tout a été bouleversé. Je n'ai pas participé à la saison mondaine à Londres, je n'ai pas été présentée à la Cour, j'étais livrée à moi-même." Tout en parlant, elle avait commencé à rassembler les papiers épars sur son bureau. "C'est sans doute mieux ainsi. Une jeune dame n'aurait jamais survécu aux épreuves auxquelles j'ai été confrontée pendant toutes ces années. Par ces paroles, elle donnait à entendre que sa jeunesse était une affaire classée qu'elle avait mise de côté, comme elle l'avait fait des papiers qu'elle venait de préparer, et elle revint au présent.

— Dans ta lettre, tu disais que tu voulais m'emmener déjeuner quelque part. Ce serait avec plaisir, mais ne te sens surtout pas obligé. J'ai un petit appartement ici, dans l'immeuble, je peux très bien nous préparer quelque chose de simple.

— Je tiens beaucoup à t'inviter ; d'ailleurs, je nous ai déjà réservé une table.

— Cela vaut peut-être mieux, je ne suis pas très douée pour la cuisine. Donne-moi juste quelques minutes, le temps de régler certaines choses avant de partir…"

Elle décrocha le téléphone et entama une conversation avec un collègue ; depuis la chaise sur laquelle il était assis, il l'observa : une femme d'âge moyen à la chevelure grise rebelle, vêtue d'une robe noire en laine toute simple ornée d'une broche à l'épaule, très droite derrière son bureau ; la lumière du soleil qui balayait la pièce par intermittence et l'illuminait avant d'aller mourir sur la moquette décolorée, les tentures passées, les valises, les cartons et les dossiers éparpillés, les nuages d'avril qui filaient dans le ciel. Il songea que l'adolescente aux nattes brunes en bataille possédait déjà, en germe, le sens de l'ordre, la volonté et le sang-froid de cette femme grisonnante qui avait conservé son regard clair et inquisiteur de jeune fille. Mi-étonné, mi-attendri, il comprit en la regardant à quel point le temps avait passé depuis la dernière fois qu'ils s'étaient vus, à quel point les choses avaient changé et combien, dans le même temps, elles étaient demeurées intangibles, immuables.

"Voilà, dit-elle, j'ai terminé." Toujours assise à son bureau, ayant remarqué son sourire, elle darda de nouveau sur lui un regard franc et muet qui lui en demandait la raison.

"Tu es très organisée", dit-il simplement ; il sentit qu'il serait trop difficile de tenter d'expliquer le fond de sa pensée.

"Il faut bien ! Quand on vit en permanence dans le chaos, on doit veiller à ne pas y sombrer soi-même, sans quoi le courant nous emporte. Et maintenant,

Nick, dit-elle en se levant, donne-moi cinq minutes pour me préparer. Je te promets que ce ne sera pas plus long."

Seul dans la grande pièce haute de plafond, il regarda autour de lui, s'attardant sur les petites touches personnelles – telles du moins qu'il les percevait – que Prudence avait apportées au caractère par ailleurs impersonnel du lieu : le pot de narcisses, le crucifix orné d'un christ en ivoire qui tranchait sur le brocart défraîchi dans un coin près de la fenêtre, de manière à ne pas trop attirer l'attention. Sur le bureau, des portraits dans les cadres desquels étaient fichées, dans les angles, de petites photos d'identité : des photos de gens qu'il ne connaissait pas, des visages d'étrangers, d'enfants, de délégations, de groupes de gens souriants avec Prudence au milieu. Le long des murs, sur les étagères, des documents officiels, des publications gouvernementales, des rapports de commissions, des livres avec des titres en allemand et dans plusieurs langues slaves, des albums de photos.

Il s'arrêta devant les grandes fenêtres et contempla le jardin verdoyant à l'arrière du bâtiment. Le calme de ces jardins à l'ancienne le frappa ; le vacarme de la rue ne parvenait pas jusque-là et s'il ouvrait la fenêtre, il n'entendrait rien d'autre que la violence du vent dans les arbres.

Sur la table, devant la fenêtre, il avisa une vieille valise dont le couvercle était rabattu mais non fermé à clef ; il le souleva légèrement et vit sur le dessus, soigneusement plié, un uniforme rayé gris et bleu comme ceux que portaient les détenus dans les camps de concentration pendant la guerre, sur lequel son regard s'attarda. Un nuage glissa lentement, empêchant le soleil d'illuminer la pièce – après avoir hésité un instant entre la clarté et l'obscurité, il poursuivit son chemin et la maigre lumière printanière se répandit de nouveau sur la table, sur ses mains et sur l'uniforme rapiécé, faisant ressortir les boutons, le crochet et la boutonnière tachés de rouille près du col.

"C'est pour notre exposition, dit Prudence derrière lui. Un aperçu de quarante ans de travail – l'exposition débute par une section sur la guerre et les camps." Elle souleva l'uniforme et il vit alors, dans la valise, une paire de vieux sabots, une bottine d'enfant, un bol émaillé ébréché. "Ce sont des objets que j'ai ramassés dans les camps et que j'ai conservés après la Libération – je me demande bien pourquoi.

— Excuse-moi, dit-il, j'ai été indiscret. En fait, j'étais en train d'admirer le jardin."

Elle referma la valise.

"Il est superbe, n'est-ce pas ? Le soir, en été, je vais souvent m'y asseoir et je travaille dehors quand je n'attends pas de coup de téléphone – ou quand je n'ai pas envie de répondre.

— Tu vis toute seule ici ?

— Il y a un gardien qui a une loge au sous-sol." Elle était prête à partir, un sac en bandoulière et une écharpe autour du cou. "En fait, dit-elle, je n'ai pas gardé grand-chose du passé. J'ai choisi quelques meubles lorsque la maison a été vendue, ceux qui se trouvaient dans le petit salon de maman. Tu t'en souviens ? Un canapé et quelques chaises, une petite table à ouvrage, un bureau – de jolis meubles de style Regency. Et aussi quelques aquarelles. Oh, et puis ça aussi, tu t'en souviendras peut-être."

Elle se dirigea vers la petite table entre les deux fenêtres et la débarrassa des plans d'architecte qui la recouvraient pour lui montrer l'image qui se trouvait dessous.

"Elle était dans le bureau, dit-il.

— Sainte Cécile. Tu sais que j'ai vu l'original à Rome, après la guerre ? Sous le maître-autel, dans l'église qui lui est dédiée." Elle parcourut rapidement la pièce du regard, comme pour s'assurer que tout était bien à sa place. "On y va ?" demanda-t-elle.

Le restaurant lui avait été recommandé par des connaissances et il l'avait choisi pour ce déjeuner avec Prudence parce qu'il était situé juste derrière le parc où se trouvait son bureau. Aux murs, des gravures et des lithographies dans des cadres alternaient avec de grands miroirs, et des bacs de fougères et de plantes en pot divisaient la pièce en une série de niches et d'alcôves qui conféraient aux petites tables éparses une certaine intimité. Des serveurs se tenaient prêts à approcher les chaises, déplier les serviettes et tendre les menus.

"J'espère que mon choix te plaira, dit-il.

— C'est triste à dire, mais on s'habitue à manger des sandwiches et à boire du thé en sachet dans des thermos ou des tasses de stations-service – tu ne peux pas savoir à quel point il est agréable de sortir de temps à autre dans un endroit chic." Elle parcourut rapidement la carte. "C'est la journée de toutes les folies ?

— Parfaitement. Notre première rencontre en quarante ans, ça se fête, non ? Qui plus est, c'est l'occasion ou jamais de m'acquitter d'une dette que j'ai contractée il y a quarante ans." Elle le regarda sans comprendre. "Tu ne te souviens pas ? Robert avait promis qu'un jour lui et moi viendrions exprès d'Oxford et que nous t'emmènerions déjeuner en ville.

— Oui, dit-elle lentement, légèrement étonnée, oui, c'est vrai. C'était pour me consoler de je ne sais plus quelle déception.

— Un spectacle, auquel tu n'avais pas pu nous accompagner.

— Oui, à Wattisham. Vous y étiez tous allés et vous m'aviez laissée toute seule à la maison – oui, c'est vrai, Nick, vous me devez un déjeuner au restaurant, Robert et toi, depuis quarante ans. Quarante ans, répéta-t-elle à voix basse, ça fait vraiment quarante ans ?" Le sommelier apporta le champagne, le seau à glace et les flûtes qu'il avait commandés pour commencer le repas. Le bouchon sauta sans bruit et elle rit à nouveau. "Et vous m'aviez aussi promis du champagne, je m'en souviens comme si c'était hier. Tu paies scrupuleusement tes dettes, Nick, même si tu as un peu de retard.

— À nos retrouvailles, dit-il en levant son verre.

— À ton doctorat honoris causa et à ta soirée d'hommage à Oxford !

— À tous les titres et à tous les diplômes qui figurent sur l'en-tête de ton papier à lettres !"

Ils trinquèrent ; Prudence regarda autour d'elle avec une curiosité non dissimulée et une certaine satisfaction et se pencha pour voir, à travers les plantes en pot, qui étaient les gens assis aux tables voisines. Elle lui signala un acteur de théâtre assez connu, un sous-secrétaire d'État et l'animateur d'une émission de télévision populaire.

"Excuse-moi, Nick, mais pour moi, déjeuner avec un vieil ami en plein après-midi est quelque chose de tout à fait inhabituel et j'adore pouvoir être moi-même."

Le maître d'hôtel avait déjà pris position devant leur table, les obligeant à se concentrer sur la carte.

"Peut-être des fruits de mer pour commencer ? suggéra-t-il. Une mousse de truite ? Quelques huîtres ?"

La commande passée, ils demeurèrent silencieux quelques instants.

"Tu sais, je repense rarement au passé, dit alors Prudence ; le présent et l'avenir suffisent à m'occuper. Pourtant, de temps à autre, quand cela m'arrive, je me rends compte à quel point ce qu'il en reste est peu de chose. La maison a été vendue, naturellement – il y a des années que je ne suis plus retournée dans la région –, et tout le monde est mort : papa, maman, Robert… Je vois rarement Helen, mes amies d'école sont grands-mères, je n'ai plus de contacts avec elles, nous vivons dans des mondes trop différents, et quant aux gens avec lesquels j'ai travaillé pendant la guerre, beaucoup sont morts, eux aussi. Et voilà maintenant que tu réapparais tout à coup après quarante ans, sorti tout droit de ma jeunesse, comme si tu avais franchi toutes ces années en un clin d'œil." Elle lui sourit par-dessus les flûtes à champagne. "Je suis contente de te revoir, Nick. En fait, à bien y regarder, tu es mon plus vieil ami.

— Tu m'en vois flatté. Quand on pense au peu de temps que nous nous sommes connus, et à toutes les années qui se sont écoulées depuis…

— Oui, combien de temps as-tu passé chez nous, en fait ? Juste cet été-là." Elle regarda la flûte vide posée devant elle que le sommelier vint remplir sans qu'elle s'en aperçût. "C'était une époque de passions intenses, n'est-ce pas, une époque de menaces, de crises et de malheurs, le préambule à toute cette misère dans laquelle le monde se trouve aujourd'hui. Moi aussi, j'étais une enfant passionnée, tout ce qui se passait autour de moi me mettait dans un état d'exaltation, je brûlais d'y participer – je ne voulais pas retourner à l'internat après les vacances, devenir l'une de ces jeunes filles de la haute société et mener la vie tranquille et protégée qui m'était destinée. Je voulais… en fait, que voulais-je vraiment ? Je voulais aller en Espagne m'occuper des réfugiés, soigner des enfants en Abyssinie, conduire un camion. Peut-être est-ce pour cela que pendant toutes ces années, malgré tous ces océans et tous ces continents, j'ai gardé le contact avec toi, tu ne crois pas ? Parce que tu fais partie de la période la plus importante de ma vie.

— La vérité est que c'est entièrement grâce à toi que nous ne nous sommes pas perdus de vue.

— Grâce à moi ? La plupart du temps, je me suis contentée de t'envoyer une carte à Noël. Quelqu'un d'autre ne se serait pas donné la peine de me rechercher pour si peu."

Le garçon apporta la mousse de truite qu'ils avaient commandée en entrée et le sommelier glissa les verres à vin à côté des flûtes à champagne. Tête penchée, Prudence fixait son assiette ; il se demanda soudain si elle faisait sa prière avant le repas mais elle leva les yeux et commença à manger avec un plaisir non dissimulé.

"Pardonne-moi, dit-elle. Je suis bavarde, ça a toujours été mon grand défaut. Parle-moi un peu de toi."

Toute son attention se porta soudain sur lui et l'intensité de son regard le mit mal à l'aise.

"Il n'y a pas grand-chose à dire. Je mène une vie tranquille. Quarante ans dans la même université. Trente-deux ans dans la même maison." Il vit qu'elle attendait qu'il en dise davantage. "Je grisonne un peu, comme tu l'auras remarqué. Je prendrai ma retraite à la fin de l'année prochaine.

— Tu attends ce moment avec impatience ?

— À vrai dire, oui. Faire cours me fatigue de plus en plus.

— Alors, tu vas te retirer dans ton bureau ?

— J'espère bien pouvoir le faire. Il y a des années de cela, je me suis acheté une petite maison au bord de la mer pour les vacances et j'ai déjà commencé à y entreposer mes livres."

Il vit une étincelle dans ses yeux sombres, comme si cette pensée l'amusait.

"Tu as beaucoup de livres ? Beaucoup d'objets personnels ?

— Trop, j'imagine.

— Quand maman est morte, c'est moi qui ai dû vider la maison et tout débarrasser – personne ne m'a aidée. Les vestiges de toute une vie, de toute une famille, entassés dans des caves, des greniers, des débarras.

— Helen ne t'a pas aidée ?

— Helen était malade, elle venait de faire une fausse couche.

— Au fait, je ne t'ai pas encore demandé de ses nouvelles. Comment va-t-elle ?

— Comme je te l'ai dit, nous nous voyons rarement – nous nous téléphonons aux anniversaires et à Noël, parfois nous allons prendre le thé lorsqu'elle vient en ville faire des courses ou voir un médecin. Elle a vieilli, comme nous tous, et elle a de l'arthrite. Et puis la mort de John a été un grand choc pour elle.

— Elle habite toujours dans l'Ouest ?

— Oui, dans la même maison, bien qu'en réalité elle soit trop grande pour elle seule. Elle n'arrive plus à s'occuper du jardin. Il est presque impossible de trouver du personnel, de nos jours."

Ils demeurèrent de nouveau silencieux un moment et il laissa errer ses pensées sur les visages et les voix du passé : M. et Mme Chalmers, Helen, à l'abri sous son ombrelle, les disputes entre Prudence et Robert à la table du petit-déjeuner ; la famille réunie pour aller au temple ou bien dans la salle à manger, à la lueur des bougies, pour jouer au croquet dans le jardin où l'on entendait le bruit du maillet cogner contre la boule, le bruit de la balle contre la raquette, les voix et les rires qui résonnaient au loin derrière le feuillage, dans la torpeur de l'après-midi. De qui devait-il encore demander des nouvelles ?

"Tu es toujours en contact avec Cecily ?

— Elle s'est remariée après la mort de Robert, peu avant la fin de la guerre. Aux dernières nouvelles, elle vivait en Écosse.

— J'ai rencontré tant de gens chez vous cet été-là, dont je devrais te demander des nouvelles…

— Les voisins ?" La question ne semblait pas l'intéresser outre mesure. "Parfois, je tombe sur un visage familier dans l'un des comités dont je m'occupe, des gens qui viennent à Londres pour le mariage de l'un de leurs petits-enfants, ou bien je les vois en photo dans un magazine, un verre de sherry à la main, à l'occasion d'une manifestation quelconque dans le comté… tu vois ce que je veux dire. Ils n'approuvent guère la vie que je mène, ajouta-t-elle d'un air pensif. Certes, ils sont pleins d'admiration pour le travail que je fais et ils me le font savoir, mais ils ne l'approuvent pas, et moi non plus, ils ne m'approuvent pas. Je me suis trop éloignée de leur petit monde. Ils m'ont reniée."

Le restaurant s'était rempli et les serveurs se mouvaient inlassablement entre les tables. L'on entendait, derrière les plantes vertes, le bourdonnement poli des voix et le cliquetis des couverts ; les grands miroirs réfléchissaient les allées et venues incessantes du personnel, les flammes vacillantes des plats que l'on flambait, les jeunes fonctionnaires en costume italien et cravate de soie et les femmes pleines d'assurance venus déjeuner.

"Il y avait une vieille dame", se rappela-t-il soudain. Un serveur se pencha par-dessus la table pour prendre leurs assiettes, un autre approcha un chariot pour servir le plat principal et il s'interrompit, attendant que toute cette agitation autour d'eux prît fin. Prudence leva les yeux vers lui. "Elle habitait une maison tout près du temple – je la revois, debout au milieu des fleurs, dans son jardin. C'est tout ce dont je me souviens ; mais je crois que vous la connaissiez bien."

Le visage de Prudence s'éclaira.

"Mlle Mackintosh, dit-elle.

— Oui, c'est cela.

— Elle est morte, elle aussi, naturellement. La dernière fois que je l'ai vue, c'était à l'enterrement de maman ; elle était déjà très âgée et qui plus est complètement sourde, elle m'a tenu la jambe presque une demi-heure en plein hiver, en plein vent, à me poser toutes sortes de questions."

Le garçon, après les avoir servis, déposa les assiettes devant eux ; ils avaient commandé des filets mignons de bœuf. Un autre serveur, à côté de leur table, remuait la salade. Le sommelier versa un peu de vin à Nikolaas afin qu'il le goûte.

"La sainteté prend parfois de drôles de visages", dit Prudence – il la regarda sans comprendre, son verre à la main.

"Que veux-tu dire ?

— Je veux parler de Mlle Mackintosh."

Il huma le vin, le fit tournoyer dans son verre et le garda en bouche. Un régal.

"Les livres et le vin sont pour moi les meilleures consolations, dit-il. Parfois, je me dis même que ce sont les seules." Prudence, plongée dans ses pensées, ne l'entendit pas. Il tenta de se souvenir : de quoi parlaient-ils ? "Mlle Mackintosh ?" répéta-t-il. Elle hocha lentement la tête en réponse au léger étonnement qui perçait dans sa voix.

"Oui, la vieille Mlle Mackintosh avec ses bas de laine reprisés, son petit panier et son jardin fleuri.

— Qu'est-ce qui te fait dire que c'était une sainte ?"

Elle prit la question très au sérieux.

"Une certaine efficacité, je suppose. Et une incandescence, un feu qui consume tout sur son passage."

Que pouvait-il répondre ? De nouveau il se sentit mal à l'aise face à tant d'exaltation et se souvint que lorsqu'elle était enfant, elle avait suscité en lui le même sentiment. Sur ce point non plus elle n'avait pas changé.

Il leva son verre.

“Et si nous portions un toast ? À Mlle Mackintosh et à tous les autres fantômes de cet été-là ?

— Non, dit-elle, qu’ils reposent en paix. Buvons à l’avenir – à ta visite à Oxford et à ta maison au bord de la mer, avec tous tes livres et ta cave remplie de bonnes bouteilles.

— Et ton avenir à toi, alors ?

— Oh, des réunions, des colloques et des discussions, je vais continuer à courir de droite à gauche jusqu’au jour où je tomberai raide morte. Voilà comment je vois mon avenir.”

Ils burent.

“Bon, dit-elle, très bon.”

Une fois de plus il se demanda de quoi elle parlait.

“C’est l’une des rares choses que j’ai retenues de mon éducation de jeune dame. Papa avait une bonne cave, tu t’en souviens peut-être.

— Qu’est-elle devenue ?

— Il restait quelques douzaines de bouteilles qu’Helen et John ont emportées. Une fois que nous avons tous eu quitté la maison, il a cessé de s’approvisionner – les dernières années, avec sa maladie et la guerre, tout était à l’abandon, la cave, la maison et le jardin. Peut-être est-ce une bonne chose que je n’aie pas été en Angleterre à l’époque, tu ne crois pas ? Maintenant, je m’en souviens comme c’était pendant toute ma jeunesse, comme tu t’en souviens sûrement toi aussi.”

Le maître d’hôtel surgit soudain et leur demanda ce qu’ils pensaient des plats. Prudence leva la tête et lui adressa un sourire radieux : “Délicieux, l’assura-t-elle avec conviction, tout simplement délicieux” ; lorsqu’il fut parti, ce fut comme si elle ôtait un masque et qu’elle se retrouvait de nouveau devant Nikolaas avec son vrai visage, perdue dans ses pensées et ses réflexions.

“C’eût été insupportable de devoir contempler jour après jour le spectacle du déclin de la maison – les plates-bandes négligées, les vitres des serres brisées impossibles à remplacer, les gouttières qui commençaient à fuir. Après la mort de papa et de maman, quand il a fallu vendre la maison, je débutais tout juste dans mon nouveau poste et je m’y suis investie corps et âme. La vie continue, Nicholas, n’est-ce pas ? L’écheveau se déroule à sa manière. On fait des choix, on prend des décisions sans être pleinement conscient de la gravité de ce que l’on fait. De la bonne volonté, voilà ce qu’il faut, puis la vie prend le dessus et t’emmène où bon lui semble. Loin, très loin, dit-elle en elle-même ; à des distances incroyables.”

Il garda le silence car il lui semblait que ces paroles ne lui étaient pas destinées mais elle le dévisagea de nouveau de son regard perçant : “Tu sais, lorsque maman est morte, j’ai eu le plus grand mal à me libérer pour une semaine afin de rentrer en Angleterre et de faire les démarches nécessaires. Je ne crois pas qu’Helen et John me l’aient jamais tout à fait pardonné.

— Tu faisais déjà le même travail que maintenant ? demanda-t-il.

— Ça a été un enchaînement de circonstances”, répondit-elle avant de s’interrompre à nouveau, comme si la conversation prenait un tour trop personnel et qu’elle craignait d’en dire trop ; quelques instants plus tard, alors qu’il s’apprêtait à lui poser une nouvelle question, elle poursuivit : “Je me trouvais par hasard en Europe, dans des villes bombardées, dans des camps, au milieu de la foule – tu sais, c'était incroyable : des dizaines de milliers de gens sur les routes, des peuples entiers en fuite… Et moi j'étais libre, la guerre était finie, notre unité avait été dispersée. Presque sans m'en rendre compte, je me suis retrouvée dans une situation totalement nouvelle qui n'a fait que prendre de l'ampleur au fil des ans, jusqu'à aujourd'hui."

Elle parlait d'une voix neutre, comme si elle répondait à un journaliste, et il ne savait pas s'il devait lui poser une nouvelle question ou bien dire quelque chose à son tour ; il avait conscience qu'il venait de pénétrer en terrain miné. Jusque-là, elle ne lui avait jamais rien dit de son travail, et même les quelques mots qu'elle gribouillait sur ses cartes de Noël n'y faisaient que vaguement allusion, comme si, alors que pour le reste elle lui parlait si ouvertement, elle répugnait à aborder cet aspect de sa vie. Là, en revanche, elle avait commencé à effleurer le sujet. Était-ce parce que la distance qui s'était installée entre eux pendant toutes ces années commençait à s'estomper ou était-ce simplement la magie du lieu, du repas et du vin qu'ils venaient de partager ? Toujours absorbée dans ses pensées, elle poursuivit son récit, réfléchissant pour trouver des faits ou des statistiques intéressants susceptibles d'agrémenter son propos, le tout d'un ton professionnel, sans jamais croiser son regard.

Peu à peu, cependant, sa passion et son enthousiasme prirent le dessus, comme dans la matinée, lorsqu'elle avait fait allusion à l'exposition. Il se garda de l'interrompre et le flot de ses paroles se fit de plus en plus rapide tandis qu'elle parlait de la croissance de l'organisation, de ce qu'ils avaient déjà accompli et de ce qu'ils voulaient faire à l'avenir, de l'aide qu'ils avaient reçue, des soupçons et des réticences qu'il leur avait fallu vaincre. Elle ne remarqua même pas qu'en l'absence du sommelier il s'était penché vers elle pour remplir son verre. "Un jour, dit-elle dans un sourire, c'était peu après la guerre, dans une cave, à Varsovie…" Ses yeux le regardaient sans le voir. Tout récemment encore, à l'aéroport de New Delhi, alors qu'elle était dans l'avion… Ses yeux brillaient, ses joues étaient légèrement colorées : Prudence, songea-t-il en lui-même, pleine de rage rentrée sur le court de tennis ou muette d'indignation à l'arrière de la voiture, Prudence qui se faisait du souci pour les orphelins de Barcelone ou de Bilbao, furieuse contre Franco, contre Hitler. Elle s'interrompit soudain et le regarda comme si elle avait totalement oublié où elle se trouvait.

"Oh, tu as déjà terminé, dit-elle d'un ton de reproche en saisissant sa fourchette et son couteau. Pardonne-moi, Nick, je parle tout le temps, je dois t'ennuyer terriblement.

— Pas du tout, protesta-t-il. C'est intéressant de t'entendre parler de ton travail. Qui plus est, j'ai tout mon temps, comme je te l'ai dit. La seule chose, c'est ton rendez-vous à…" Il avait oublié le nom de l'endroit.

"À Chertsey, dit-elle d'un air distrait en vidant son assiette, se rappelant ses obligations. Oui, je dois faire attention à l'heure. Je n'ai pas envie d'être bloquée dans les embouteillages."

Le moment de spontanéité était passé. "Tu prendras tout de même un dessert ? dit-il. Ou au moins un café ?"

Elle était sur le point de dire non mais les serveurs faisaient cercle autour d'elle et avaient approché le chariot des desserts – des reines-claudes, proposa le maître d'hôtel, une crème caramel, une mousse à la fraise et ses meringues ? Prudence, qui était à deux doigts de refuser, hésita et capitula devant les meringues.

"Vous aviez aussi une petite bonne, jeune et jolie, dit-il lorsque le personnel se fut retiré ; j'y repense seulement maintenant. Elle avait des coquelicots sur son chapeau.

— Ah, oui, Belling, notre deuxième bonne." Elle concentra son attention sur les meringues. "C'est étrange, que tu te souviennes de tout cela, Nick. Je ne savais pas que tu avais une telle mémoire.

— Moi non plus", dit-il, mais comme il avait parlé à mi-voix elle ne sembla pas avoir entendu sa réponse. La salle à manger plongée dans la semi-obscurité, les bonnes et le majordome montant la garde de part et d'autre du buffet tout le temps que durait le repas, l'éclat de la nappe, de l'argenterie et des verres, les tableaux anciens, ternes, presque invisibles dans la pénombre le long des murs : oui, il avait beaucoup de souvenirs et tout lui revenait clairement en mémoire, comme s'il avait pu, comme autrefois, se lever de table après le repas et le porto, sortir de la pièce et traverser le couloir en direction du salon où les femmes les attendaient. Il avait ouvert la porte et avait hésité sur le seuil en voyant leurs visages lorsqu'elles avaient levé les yeux pour lui souhaiter la bienvenue parmi elles : Mme Chalmers, penchée sur son ouvrage, Helen, la petite Prudence et Gerda.

“Je vieillis, dit-il, c’est pour cette raison que mes pensées sont tournées vers le passé et que mes souvenirs sont de plus en plus nets. De plus, c’est sûrement, dans une certaine mesure, une question d’insatisfaction croissante par rapport au présent qui fait que l’on s’attache davantage au passé.

— Pour moi, c’est différent. Le présent me convient parfaitement, quels qu’en soient les défauts.

— Tu as pourtant eu une jeunesse heureuse, tu l’as reconnu toi-même.”

Elle plissa le front et réfléchit à ce qu’il venait de dire :

“Oui, pour certaines personnes, c’était le bon temps, je suppose que je dois être reconnaissante d’avoir fait partie de ce petit groupe de privilégiés, d’avoir grandi dans une immense maison pleine de domestiques, dans un environnement sûr, avec des voitures qui venaient me chercher et des gens qui m’ouvraient les portes et portaient mes bagages. Objectivement, c’était très beau, si beau que l’on a peine à croire qu’un tel monde ait vraiment existé et que nous ayons pu en faire partie.” Son regard acéré, scrutateur, se posa de nouveau sur lui. “Et toi, Nicholas ? demanda-t-elle alors.

— Moi ?

— Ton monde à toi, est-ce qu’il existe encore ? Ce que l’on entend dire de l’Afrique du Sud, ici, n’est guère rassurant.”

Il ne répondit pas tout de suite.

“En effet, dit-il, là-bas aussi, tout change.

— Même toi, dans ton bureau ?

— Même moi, dans mon bureau.” Prudence, en face de lui, attendait qu’il en dise davantage. “Le changement est en cours, reprit-il lentement, et personne ne sait quelle en est la nature. Tout se délite peu à peu, comme un miroir qui se brise... tout tombe en morceaux.

— Et que reste-t-il ?"

Il fixa la nappe devant lui ; le serveur venait de débarrasser son assiette. Son verre était vide.

"À moi, il me reste ma maison au bord de la mer, mes livres, mon vin. Je souhaite m'y retirer et j'espère que les tempêtes m'épargneront – je ne vois pas trop ce que je pourrais faire d'autre."

Elle sourit tandis qu'on apportait le café.

"Tu as l'intention d'écrire d'autres livres ?

— J'aimerais bien, dit-il, tous ces livres que je n'ai pas eu le temps d'écrire jusqu'ici. Peut-être ferai-je aussi de temps à autre une conférence ou une émission de radio, si on me le demande.

— Quand tu fais le bilan de ta vie – la célébrité, les livres et les articles, la reconnaissance –, est-ce que tu es satisfait ? Tu as eu ce que tu voulais ?"

Dans le restaurant, certains clients, leur repas terminé, s'apprêtaient à partir : les serveurs s'approchèrent, tirèrent les tables, s'inclinèrent et leur dirent au revoir. Pendant quelques instants, les voix de ces gens aisés et pleins d'assurance remplirent la pièce.

"Ma question est-elle indiscrète ?" demanda Prudence.

Il secoua la tête en signe de dénégation mais hésita avant de répondre :

"Quelqu'un, dans un article, a jugé mon dernier livre « pompeux », dit-il au bout d'un moment.

— Quel mot horrible, dit Prudence. Rien qu'à l'entendre..." Tout en remuant son café, elle réfléchit, visiblement choquée. "Tu es sensible à ce que disent les critiques ?

— Celui qui a écrit cela est un tout jeune homme, un de mes anciens étudiants, pour lequel j'avais beaucoup d'affection. J'ai toujours cru qu'il avait une certaine estime pour moi.

— L'important est d'être conscient de sa propre valeur, de ne pas dépendre du jugement des autres. Mais tout de même, cela fait mal, je sais bien."

Le grand miroir qui ornait le mur opposé lui renvoya l'image d'un homme vieillissant au teint légèrement congestionné, vêtu d'un costume sombre, à la cravate impeccablement nouée ; un petit mouchoir dépassait de la poche supérieure de la veste. Comme si un étranger lui faisait face de l'autre côté de la pièce.

"J'ai toujours pensé que je m'entendais bien avec mes étudiants. Je les invitais régulièrement chez moi pour le week-end, par petits groupes. Mais peut-être ne suis-je plus pour eux qu'un vieillard ennuyeux dont ils sont obligés de suivre les cours. J'ai déjà remarqué que mes collègues ont prévu tout un tas de changements dans le département après mon départ." Pourquoi lui racontait-il tout cela ? se demanda-t-il soudain avant de s'interrompre. "Je suis désolé, mais ce sont des choses que je n'ai encore jamais dites à qui que ce soit. Sers-toi, dit-il en poussant vers elle l'assiette de friandises.

— Non, merci, pas pour moi. Et toi ?

— Non, pas pour moi non plus.

— Tu permets ?" Avant qu'il eût le temps de se rendre compte de ce qu'elle faisait, elle avait ramassé les bonbons et les avait fourrés dans son sac. "C'est pour les enfants, expliqua-t-elle.

— Quels enfants ?

— Les enfants en Autriche, demain.

— Mais, ma chère Prudence, tous ces bonbons collants au fond de ton sac…”

Elle balaya son inquiétude d’un revers de la main : “Ne t’en fais pas, je les mettrai dans un sachet une fois à la maison.”

Il contempla l’assiette vide posée entre eux tandis qu’ils finissaient leur café. Des gens se levèrent et passèrent devant leur table en bavardant à voix haute, ravis de leur déjeuner, et ils ne ressentirent plus le besoin d’en dire davantage. Les serveurs débarrassèrent les tables voisines, remirent le couvert, et tout redevint calme dans la grande pièce, entre les plantes en pot et les tableaux.

Enfin, Prudence sortit de son silence :

“Ça t’a blessé à ce point ?

— Quoi donc ?

— La remarque de cet étudiant. La critique de ton livre, expliqua-t-elle avec impatience, voyant qu’il ne comprenait pas où elle voulait en venir.

— Pourquoi y penses-tu encore ?

— Parce que tu as changé depuis que tu m’en as parlé. Tout à coup, tu es rentré dans ta coquille.” Il eut un silence gêné et Prudence poursuivit, réfléchissant à voix haute. “C’est parfois une bonne chose de se soumettre au jugement d’autrui. Cela peut être bénéfique de se regarder soudain dans un miroir.”

Un serveur leur demanda s’ils désiraient encore du café mais ils déclinèrent la proposition. Leur repas touchait à sa fin.

“Peut-être mes étudiants ont-ils raison, dit-il. Gerda m’a dit un jour que j’étais arrogant. C’était il y a quarante ans.

— Quarante ans ? Tu étais encore jeune.

— Change-t-on tant que cela ? Toi, par exemple, tu es restée exactement la même.

— Avec mes faiblesses et tout le reste ?

— Je pense que ce sont peut-être tes faiblesses qui ont fait ta force. Et moi, alors ? demanda-t-il. Quel souvenir gardes-tu de moi ? Tu me trouvais arrogant, à l'époque ?"

Elle réfléchit si longtemps qu'il se demanda si elle cherchait à s'en tirer par une pirouette mais lorsqu'elle répondit, ce fut avec l'implacable franchise qu'il attendait d'elle :

"Tu étais jeune, répéta-t-elle ; tu étais un étranger dans un pays où tu ne connaissais personne. Tu étais toujours très correct, très prudent, tu faisais très attention à ce que tu disais, à ce que tu faisais, tu ne commettais presque jamais d'erreurs, tu te retranchais derrière ta politesse comme dans un terrier. Mais là, dans ton terrier, je pense que tu te sentais vulnérable, que tu ne t'estimais pas en sécurité, peut-être même que tu avais peur."

La pelouse, dans la fraîcheur de l'après-midi ; les chaises longues et les livres. Les voix dans le lointain, les gens qui bavardaient de l'autre côté des arbres, ceux qui riaient derrière la tonnelle, le son de la musique, un escalier caché par un rideau.

"Est-ce que j'ai changé ?" demanda-t-il au bout d'un long moment.

Les yeux clairs le contemplèrent :

"Tu as appris l'ironie ; mais c'est peut-être aussi une forme d'autodéfense. Maintenant, c'est derrière ton savoir et ta réussite que tu te caches, et par ton ironie que tu te défends. Arrogant, répéta-t-elle en secouant la tête. Peut-être, décida-t-elle, mais ce n'était pas très gentil de te dire cela. Gerda avait un côté intransigeant – à certains égards, c'était quelqu'un d'extrêmement intolérant. Elle fixait ses propres règles et n'avait aucune indulgence pour ceux qui n'étaient pas à la hauteur de ses exigences."

Ils se turent un moment ; dans la salle de restaurant il ne restait plus qu'eux. Les autres tables étaient déjà toutes dressées pour le service suivant : l'argenterie et les verres étincelants, les serviettes pliées, prêtes pour le dîner, les dernières traces des clients du déjeuner effacées. Seul un serveur, dans un coin, s'affairait encore, attendant patiemment qu'ils aient terminé.

"Il faut que j'y aille", dit Prudence – il appela le garçon et demanda l'addition.

Une fois dehors, ils hésitèrent un instant sur le perron, étourdis par le bruit de la circulation et aveuglés par le soleil de printemps.

"Je vais t'appeler un taxi", proposa-t-il ; Prudence secoua la tête.

"Je préfère marcher ; c'est juste là, de l'autre côté du parc. Tu m'accompagnes ?

— Volontiers", dit-il ; il n'avait rien de prévu pour l'après-midi si ce n'était de passer voir quelques librairies. Prudence s'engouffra dans le flot déferlant des voitures et des taxis, profitant des bouchons pour se faufiler entre les pare-chocs et traverser la rue, puis elle attendit, non sans une légère impatience, que le feu pour les piétons passe au vert et qu'il la rejoigne.

Un halo vert flottait au-dessus des vastes pelouses et des arbres de Regent's Park, étincelant au soleil : des enfants jouaient dans l'herbe, des adultes étaient assis sur les bancs. Plus ils s'éloignaient de l'entrée, plus le bruit de la ville s'estompait pour n'être plus qu'un bourdonnement lointain derrière les arbres et les grilles : ils aperçurent au loin, au-delà des frondaisons, les rangées de maisons, les immeubles à colonnades, les tours et les coupoles de Londres.

"Je ne viens jamais dans ce parc, dit Prudence, bien que j'habite sur le trottoir d'en face. Je n'ai jamais le temps : je ne le vois qu'à travers les grilles ou bien par la fenêtre d'un taxi qui m'emmène ailleurs.

— Les parcs sont les seuls endroits de Londres que je trouve toujours aussi beaux, même si, à d'autres égards, la ville a changé.

— Londres est devenue laide. Plus personne ne s'y intéresse : chacun démolit et construit à sa guise.

— Pendant la guerre, j'ai beaucoup pensé à cette ville. Les bombardements sont ce qui m'a le plus touché dans cette guerre, alors même que j'étais en Afrique du Sud, très loin d'ici. Je me suis souvent demandé ce qu'il resterait de l'Angleterre si j'y revenais un jour.

— J'étais à Londres pendant le black-out et les bombardements. Nous étions étudiants, à l'époque." Elle s'interrompit brusquement, puis reprit : "Dis-moi, Nick, ces années que tu as passées en Angleterre, elles ont beaucoup compté dans ta vie, n'est-ce pas ?

— Oui. Oxford, Londres et ce dernier été chez vous, à la campagne."

Des enfants les dépassèrent en courant, riant et s'interpellant au soleil ; le vent printanier soufflait dans leurs cheveux, faisait ondoyer les feuilles des arbres et chassait les nuages clairs, dégageant le ciel. Ils longèrent les pelouses jusqu'au jardin d'agrément avec ses parterres de fleurs où les premiers boutons sur le point d'éclore faisaient timidement leur apparition.

"Ce fut une expérience étrange, dit Prudence d'un air songeur. Voir disparaître en un clin d'œil les repères que l'on connaît depuis toujours – des pâtés de maisons entiers, des rues entières même, en un clin d'œil. Et le matin, quand on marche dans les rues après un bombardement, le sol qui crisse sous les pieds à cause des éclats de verre qui jonchent les trottoirs. Mais plus tard, en Europe continentale, en Allemagne, après la guerre..." La regardant marcher à ses côtés, les mains derrière le dos, son sac de cuir à l'épaule, il vit son profil volontaire. "Et Berlin, Berlin surtout – j'y étais allée lorsque j'étais enfant mais de la ville il ne restait rien, absolument rien, juste des tas de ruines parmi lesquels on ne retrouvait même plus le tracé des rues que l'on avait connues. Plus rien ne tenait debout, il n'y avait plus rien de stable, de durable..."

Ils traversèrent le jardin bordé de part et d'autre de massifs ornementaux, mais bien qu'elle marchât plus lentement que lui, elle ne leur accorda pas le moindre regard. Il comprit que c'était là une considération personnelle dont il avait été témoin par hasard.

"J'ai dit que je ne repensais pas au passé, mais ce n'est pas tout à fait vrai. À l'époque, je songeais souvent à notre ancienne maison – pas tellement tant que j'étais encore ici, à Londres, mais plus tard, lorsque nous nous sommes établis sur le continent, dans les territoires occupés, et plus encore après la guerre, quand les camps ont été libérés et que j'ai commencé à travailler. Rien n'aurait pu me préparer à ce que j'allais vivre là-bas, rien, et ce qui m'a permis de tenir le coup pendant toutes ces années, c'est le souvenir de cette maison – ce n'était pas de la nostalgie, il y avait longtemps que j'en avais fait mon deuil, mais le simple fait d'y penser. Cette maison était pour moi un symbole de sécurité, d'inviolabilité, quelle qu'ait été la force de la violence alentour, de valeurs qui méritaient que l'on risque sa vie – cette maison qui avait été le témoin d'existences humaines pendant plus de deux siècles, ces grandes pièces qui respiraient le calme, la paix et la sécurité, et ce jardin inaccessible... Gerda l'avait surnommé le jardin du paradis, tu te souviens ? Elle avait raison."

Ce n'était que la deuxième fois de la journée que le nom de Gerda était prononcé mais de nouveau la conversation s'interrompit un bref instant, un instant de silence presque imperceptible, une pause dont ils avaient tous deux conscience bien qu'ils se fussent abstenus de tout commentaire. Il laissa errer son regard sur les massifs, vit l'ombre qui s'apprêtait à envelopper de son manteau la pelouse et les fleurs, se rapprochait, traversait le sentier pour arriver à leurs pieds et soudain disparaître, découvrant devant eux le parc dans tout son éclat printanier.

"Et la maison, qu'est-elle devenue ?

— Je ne sais pas, répondit-elle comme si la question ne l'intéressait pas. Il fallait la vendre, de toute façon – Robert n'était plus là, Helen et John n'en voulaient pas, et moi, qu'aurais-je pu en faire ? Il n'y avait même pas de petits-enfants pour qui la garder. Je crois qu'elle a été transformée en une sorte de foyer – j'ai entendu dire que l'on avait construit de nouveaux bâtiments et asphalté une partie du jardin pour en faire un parking. À moins qu'elle n'ait été démolie à l'époque, je ne sais pas." Elle secoua la tête d'un air décidé, comme pour se libérer de tous les souvenirs qui la rattachaient à la maison. "Je ne pleure pas la maison, dit-elle. Je ne pleure rien ni personne. Simplement, parfois – tu ne devines pas ? – je suis triste quand je repense à Bob, même après toutes ces années.

— Pour moi aussi ça a été un grand choc quand j'ai appris…"

Elle ne l'écoutait pas.

"Parfois, je me pose la question – pourquoi Bob ? Il était si jeune, si prometteur. Il n'avait que vingt-huit ans." Elle s'arrêta au beau milieu des fleurs et poursuivit son monologue : "Ils ont dévoilé une plaque à sa mémoire, au temple, tu sais, juste au-dessus du banc où nous nous asseyions toujours. C'était le troisième hiver de la guerre et j'avais eu la permission de rentrer à la maison pour l'occasion. Papa était déjà malade, à l'époque, mais il avait insisté pour se lever et aller au temple afin d'assister à la cérémonie, il s'appuyait sur moi.

— Robert et toi étiez très proches, n'est-ce pas ?

— Oui, malgré toutes nos disputes et nos chamailleries – en fait, c'était une convention entre nous parce que j'étais sa petite sœur. Mais une fois que j'ai eu quitté l'école, nous avons appris à mieux nous connaître, l'ironie du sort a voulu que ce soit justement pendant ce dernier été, avant la guerre. Plus tard, nous nous sommes parfois vus à Londres quand il était en permission, il était dans l'armée de l'air, et nous nous écrivions, des lettres interminables. Je n'en suis pas sûre, mais je ne crois pas qu'il ait jamais autant écrit à Cecily." Elle tendit la main et effleura une rose, lentement, cérémonieusement, comme si cet acte revêtait pour elle une signification cachée. De l'autre côté de la roseraie un gardien en colère lui cria quelque chose, pensant sans doute qu'elle allait cueillir la fleur ; elle sourit et ils poursuivirent leur chemin. "Il me manque toujours, dit-elle. Bob, rien ni personne d'autre – Bob symbolise tout ce que j'ai perdu, tous les gens que j'ai perdus au fil des ans.

— Tu t'es sans doute fait beaucoup d'autres amis depuis lors, dit-il enfin. Dans ton métier, tu as dû rencontrer des tas de gens intéressants.

— Des amis ?" Elle eut un haussement d'épaules. "Des collègues, des gens qui siègent dans les mêmes commissions que moi, des gens que je rencontre à des réunions, des gens qui me demandent de les aider, des gens dont je suis responsable, des gens pour lesquels je m'inquiète et que j'aime. Mais des amis… Non, pas vraiment.

— C'est bien d'avoir une occupation.

— Oui, et puis c'est un travail tellement gratifiant – même les jours de pire routine, on sait que l'on agit pour la bonne cause, quelque décevants que puissent parfois paraître les résultats."

Ils aperçurent, de l'autre côté de l'étang, les arbustes et les grilles qui annonçaient la fin du parc et de leur promenade. Prudence avait ralenti le pas. "Parfois, reprit-elle, l'on a beau être occupé, la solitude survient tout de même, n'est-ce pas ? Le corps exécute les tâches nécessaires, l'esprit est absorbé et pourtant elle est là, on la porte en soi. Il m'arrive, lorsque j'observe les gens à travers les grilles du parc, des gens ensemble, des gens avec leurs enfants, des gens qui promènent leur chien… ou bien l'été, le soir, quand je travaille dans le jardin – de poser mon stylo ; la nuit tombe, je n'entends plus rien que les oiseaux dans les arbres et je m'aperçois alors que je suis totalement seule – pas seulement dans le jardin ou dans la maison, mais dans le monde. Il n'y a personne."

Ils empruntèrent le petit pont qui enjambait la partie la plus étroite de l'étang ; lorsqu'ils furent arrivés au milieu, elle s'arrêta : "Tu ne trouves pas, Nick ? Tu la connais aussi, cette solitude ?"

Il ne répondit pas tout de suite, hésita, conscient que son silence était un peu trop long. Prudence, manifestement, s'en était rendu compte elle aussi car elle poursuivit comme si elle n'avait pas posé la question : "Plus j'avance en âge, plus je pense à Mlle Mackintosh. Elle était sans doute très seule, elle aussi, toute seule dans cette petite maison avec ses fleurs pour toute compagnie.

— Je me souviens qu'elle s'occupait d'œuvres de bienfaisance.

— Oui, après la guerre aussi elle nous a beaucoup aidés. Déjà, à l'époque, elle ne faisait plus de vélo depuis longtemps mais elle avait réquisitionné les voitures et les chauffeurs de toutes sortes de gens, du moins ceux qui avaient encore des voitures et des chauffeurs, les hivers étaient rigoureux, elle sillonnait le comté de long en large et sommait pour ainsi dire les gens de donner de l'argent pour les réfugiés. Je recevais des mandats de cinq shillings, dix shillings – les premières années, nous avons littéralement vécu des fonds qu'elle récoltait pour nous en Angleterre."

Ils étaient toujours sur le pont, entre le gris argenté de l'eau et le gris argenté du ciel ; le reflet des nuages faisait scintiller la surface de l'eau. Le vent soufflait avec force dans leur direction, ils n'avaient nulle part où s'abriter, il frissonna et tenta de jeter discrètement un coup d'œil à sa montre.

La rencontre était terminée, Prudence l'avait compris elle aussi. Lentement elle leva la tête.

"J'ai été trop bavarde, dit-elle simplement. Je n'ai fait que bavarder tout l'après-midi. Je fais toujours cela, mais je n'ai pas essayé de me contrôler. Je ne sais toujours rien de toi.

— Je t'ai dit tout ce qu'il y avait à savoir sur moi.

— Toute une vie résumée en deux phrases ?

— Il n'y a pas tellement plus à dire.

— Il faut que j'y aille, dit-elle. Je vais être en retard à Chertsey.

— Je te raccompagne jusqu'à ton bureau.

— Ne te donne pas cette peine, c'est en face, nous pourrions tout au plus, pendant quelques minutes, faire encore deux, trois pas en échangeant des banalités, juste histoire de dire quelque chose. Disons-nous au revoir maintenant. Et puis, nous continuerons à nous écrire, n'est-ce pas ?

— Dis-m'en davantage sur toi à l'avenir. Parle-moi de ton travail.

— Et toi, parle-moi de ta retraite, de ta maison au bord de la mer et des livres que tu vas écrire."

Ils restèrent un instant les yeux dans les yeux : "Au revoir, Nick", dit-elle ; il lui tendit la main mais soudain, de manière totalement inattendue, elle le serra dans ses bras. Ce geste le prit au dépourvu : le bras tendu et le balancement du sac à main les gênaient tous les deux, l'épais manteau de Prudence l'empêchait de refermer ses bras sur lui et sa tête heurta son menton. Ils vacillèrent ensemble sur le pont tandis que des petits garçons, depuis la rive, les encourageaient de la voix ; il se retint au parapet.

“Je t’écrirai, promit-elle, l’esprit déjà ailleurs. Je t’écrirai quand tu seras en Afrique du Sud. Je dois y aller, maintenant. Au revoir, Nick.”

Il demeura sur le pont, la regarda s’éloigner rapidement en direction de la grille jusqu’à ce qu’elle disparaisse de son champ de vision, puis il fit demi-tour et rebroussa chemin. Il quitterait le parc par une autre sortie et rentrerait en taxi.

Ce n’est qu’une fois seul qu’il comprit à quel point cet après-midi l’avait perturbé, non seulement leur conversation mais aussi les souvenirs du passé qu’elle avait réveillés en lui, jusqu’à ce tout dernier instant, lorsqu’elle s’était éloignée et avait disparu dans la foule. Il croisa des enfants qui couraient, des femmes qui poussaient des landaus, le parc resplendissait à nouveau sous le soleil. C’est fini, songea-t-il en lui-même, tout est fini ; tout le monde était parti, les lieux mêmes avaient disparu, il ne restait plus qu’un vieil homme assis à son bureau avec ses livres, ses disques et son vin. Il y avait bien eu un espoir mais il s’était évanoui depuis longtemps.

Quelqu’un dans son dos cria son nom, de l’autre côté de la pelouse, de l’autre côté de l’étang, quelqu’un parmi les passants qui déambulaient dans les allées du parc ; étonné, il regarda autour de lui. Les gens, toutefois, continuaient leur promenade, personne ne regardait dans sa direction : c’était un enfant qui avait crié en jouant, rien de plus. À pas lents, il se dirigea vers la grille en quête d’un taxi.

Il acheta quelques journaux au kiosque de la gare de Liverpool Street, jeta un coup d'œil distrait aux articles sur l'Espagne, l'Allemagne et Amelia Earhart, puis les posa sans les lire sur le siège à côté de lui et regarda par la fenêtre. Les derniers faubourgs gris disparurent, faisant place à la campagne : le train, laissant derrière lui un nuage de fumée dans le vert paysage d'été qui vibrait sous l'effet de la chaleur, fit halte dans plusieurs petites villes et villages et s'arrêta enfin à la gare où il devait prendre une correspondance sur une ligne locale. Il vit défiler des pâturages, des fermes et des bosquets, le contrôleur vint le prévenir qu'ils étaient presque arrivés et il sortit sa valise du filet à bagages. Le train ralentit et s'immobilisa dans une petite gare de campagne ; sur le quai, où un vieil homme poussait des bidons de lait sur un chariot, il aperçut Robert, vêtu d'un pantalon de flanelle blanche et d'une veste de couleur.

Il leva les yeux en souriant, aveuglé par le soleil, la main tendue :

"Bienvenue, dit-il. On ne sait jamais si la personne que l'on vient chercher sera là ou pas – les correspondances ne sont pas très fiables. Le voyage s'est bien passé ?

— Oui, aucun problème.

— C'est tout ce que tu as comme bagages ?

— Non, ma valise est dans le fourgon à bagages.

— Ah, très bien, nous avons apporté un chariot pour les valises."

Un homme, manifestement un domestique, s'occupa des valises cependant qu'ils attendaient sur le petit quai désert écrasé de soleil, ne sachant trop comment continuer la conversation.

"Prudence est là aussi, dit soudain Robert. Prue ! Prue ! Mais où es-tu passée ? Viens donc dire bonjour à Nick !"

Une silhouette émergea de la pénombre dans laquelle était plongé le bâtiment de la gare, une robe blanche se souleva dans l'ombre et une lycéenne maigre et brune aux cheveux attachés en tresses s'arrêta à quelques mètres d'eux.

"Ma petite sœur, Prudence", dit Robert ; elle tendit la main dans sa direction sans un mot. "C'est encore un bébé", ajouta-t-il d'un air moqueur ; elle se retourna et s'éloigna en hâte d'un pas décidé.

Le domestique les dépassa, poussant le chariot à bagages ; le train siffla et s'ébranla lentement dans un bruit de ferraille au milieu des pâturages. La voie ferrée, sous le soleil, était à nouveau déserte.

"Nous ferons le trajet à pied, dit Robert. Nous habitons dans le centre, inutile de prendre la voiture. Si toutefois tu n'y vois pas d'inconvénient", ajouta-t-il en hâte en repoussant d'un geste furtif une mèche de cheveux sur son front. Nikolaas sentit son embarras – lui-même n'était pas non plus très à l'aise. En fait, ils ne se connaissaient presque pas – il y avait bien eu des gestes d'approche de part et d'autre, des démonstrations de bonne volonté, ils avaient échangé un salut, un sourire, voire quelques mots lors de rencontres fortuites dans la chambre de tel ou tel de leurs condisciples, mais hors des murs de l'université où ils s'étaient rencontrés ils étaient de parfaits étrangers l'un pour l'autre.

"Ce n'est pas bien grand, ici, dit Robert tandis qu'ils descendaient la grand-rue du village couverte de poussière. Le temple, l'école, la poste, trois pubs, quelques magasins – c'est tout. J'espère que tu ne t'ennuieras pas trop chez nous, ajouta-t-il soudain comme s'il se faisait du souci.

— Je suis sûr que non.

— Nous avons un court de tennis à la maison, il y a une équipe de cricket au village et l'été, chez les voisins, il y a toujours des bals et des garden-parties. La région est belle – nous, en tout cas, nous la trouvons belle ; je ne sais pas ce que tu en penseras. En fait, je ne sais rien de toi ! Nous ne nous connaissons quasiment pas."

Il rit et se passa à nouveau la main dans les cheveux. C'était là une particularité de Robert que Nikolaas avait appris à connaître, quelque superficielle que fût leur amitié à l'université : la capacité de s'extraire soudain de sa politesse et de sa réserve et de formuler sans détour des remarques d'une franchise implacable, des idées avec lesquelles tout le monde était d'accord mais que personne n'osait exposer en public, faisant planer sur l'assistance un silence gêné. Une fois de plus, Robert venait de dire tout haut ce que lui-même tentait prudemment d'éviter, et ce même silence s'était emparé d'eux ; mais, comme chaque fois dans ces cas-là, Robert comprit qu'il avait mis son hôte mal à l'aise. "Prue !" appela-t-il en regardant autour de lui ; la jeune fille avait disparu, les laissant seuls dans la grand-rue en zigzag où le domestique poussait sa charrette à bras, longeant de vieux cottages qui trônaient de part et d'autre au milieu des jardins.

"Pouh ! s'exclama Robert, quelle chaleur ! Comment était-ce, à Londres ?

— Les derniers jours ont été pénibles.

— Qu'as-tu fait ?

— Je suis allé voir des musées, des expositions. Je suis retourné plusieurs fois au British Museum.

— Pas pour étudier, tout de même ?

— Non, je ne suis pas allé à la salle de lecture.

— J'ai promis à mon vieux que j'étudierais un peu pendant ces vacances, mais il y a chaque jour quelque chose. Hugh Templeton est passé la semaine dernière, tu le savais ? Il allait à Harwich avec une bande de copains – Harry Caldecott et d'autres.

— En fait, je ne les connais pas très bien.

— Je vois, tu ne fréquentes pas non plus ces milieux-là, n'est-ce pas ? Tu mènes une vie studieuse, rangée – je t'admire, en fait."

Si quelque autre de ses camarades d'université lui avait fait cette même remarque, il l'aurait soupçonné de moquerie, voire de sarcasme, mais ce n'était pas le genre de Robert : cette franchise troublante, doublée d'une gentillesse candide, était sa marque distinctive. L'invitation elle-même, formulée dans la chambre d'un de leurs condisciples, alors que tout le monde s'était déjà levé et s'apprêtait à partir, sous la forme d'une remarque fortuite tandis que les autres bavardaient et se disaient au revoir, était des plus originales : "Au fait, si tu en as envie, pendant les vacances, cet été – mes parents seraient ravis que tu viennes nous rendre visite, tu pourrais rester le temps que tu voudrais." Il avait hésité, surpris par le côté inattendu de l'invitation, mais Robert avait poursuivi, très vite, d'un air embarrassé : "Tu viendras, n'est-ce pas ? Ce serait formidable." Puis il avait souri et Nikolaas avait su que la proposition était sincère, que ce n'était pas un simple geste de bonne volonté envers un étranger.

"Nous y sommes", dit Robert. Ils longèrent un mur qui ne laissait voir que la cime des arbres, arrivèrent à une grille et empruntèrent une allée qui bifurquait vers une grande maison aux lignes asymétriques à demi recouverte de lierre. "Elle n'a malheureusement rien d'extraordinaire – c'est une maison de style géorgien, mais pas d'un architecte connu. Enfin, on s'y sent bien."

Prudence surgit tout à coup d'une ouverture de la haie d'ifs qui fermait le jardin sur un côté : "Tous les autres sont au tennis, cria-t-elle, je vais les rejoindre."

Ébloui par la lumière du soleil, il pénétra dans la maison à l'aveuglette et suivit Robert dans un grand escalier, vaguement conscient de la présence de lambris sombres et de tableaux et d'une odeur de cire mêlée de térébenthine, de fleurs et de pot-pourri. "Je vais te montrer ta chambre, dit Robert dans la pénombre. Tu as sûrement envie de te reposer un peu. Rejoins-nous au jardin quand tu seras prêt."

Le lit, très haut, était orné d'une courtepointe brodée ; des livres étaient posés sur la table de nuit et des serviettes de toilette pendaient au porte-serviettes à côté du lavabo. La pièce était sombre et accueillante avec ses meubles anciens aux couleurs légèrement ternies, ses quelques aquarelles aux murs et la cheminée où aucun feu ne brûlait.

Un bruit de pas dans l'escalier et un coup frappé à la porte annoncèrent l'arrivée de ses bagages. Comme le domestique déposait les valises dans la chambre, Nikolaas se dirigea vers la fenêtre et regarda dehors pour ne pas le gêner. Fallait-il lui donner un pourboire ? Tandis qu'il réfléchissait, l'homme se retira et ferma la porte derrière lui, ce qui régla le problème.

La porte-fenêtre, ouverte, donnait sur un verger ; devant lui s'étendaient de verts pâturages, la petite voie ferrée et les peupliers qui suivaient le cours de la rivière. Il songea qu'il était temps d'aller saluer ses hôtes, un nombre indéterminé de gens qu'il ne connaissait pas, à l'exception de Robert. Pouvait-il descendre avec les vêtements dans lesquels il avait voyagé ou devait-il se changer, peut-être mettre une veste de couleur et un pantalon de flanelle, comme Robert ? Indécis, il demeura devant la fenêtre, conscient une fois de plus de l'existence des innombrables règles non écrites qui régissaient la vie de ce pays, surtout dans ce milieu, dont il ne connaissait pas la teneur avec précision, et retarda le moment de déballer ses affaires de toilette ; se rendant compte qu'il ne pouvait faire attendre ses hôtes plus longtemps, il se lava sommairement le visage et les mains. Il songea qu'il aurait peut-être mieux fait de rester à Londres à flâner sur les berges de la Serpentine dans la chaleur estivale, d'accompagner tante Elizabeth au théâtre et de siroter un verre de porto avec l'oncle Thomas dans leur maison sombre de Sussex Gardens.

Il descendit l'escalier, croisa dans le vestibule une domestique qui lui indiqua le chemin, longea un corridor, tourna la poignée et ouvrit la porte. Devant lui, au loin, sous les arbres qui bordaient la pelouse ensoleillée, il vit le petit groupe en tenue d'été. Il demeura un instant sur le seuil, la main toujours sur la poignée de la porte, puis quelqu'un l'aperçut et tous se tournèrent vers lui ; Robert se leva, lui fit signe de la main et l'appela. Loin, très loin, à l'autre bout du jardin, là où le soleil voilé brillait à travers les branches épaisses des arbres centenaires, hors d'atteinte, inaccessibles dans leur monde, de l'autre côté de la pelouse, ils attendaient.

"Nicholas !" cria Robert à nouveau, prononçant son prénom à l'anglaise.

Il contempla les gens qui l'attendaient dans l'ombre mouchetée de lumière, les chaises longues, les raquettes de tennis, la couverture de voyage étalée sur l'herbe. Il sut alors, avec une clairvoyance aussi soudaine qu'effrayante, qu'il se souviendrait toute sa vie de cet instant et s'avança vers eux.

"Viens, Nicholas, dit Robert, je vais te présenter à ma mère."

Elle lui tendait déjà la main, allongée sous son ombrelle : "Je suis ravie que vous ayez pu venir, Nicholas. Vous permettez que je vous appelle par votre prénom, n'est-ce pas ? J'ai justement reçu ce matin même un charmant petit mot de votre tante – c'est tellement aimable à elle…

— Je te présente ma sœur Helen, dit Robert. Et voici John Travers-Smith, de Bury." Une jeune fille mince, très sûre d'elle, lui sourit sous son chapeau à large bord ; un jeune homme blond portant une petite moustache s'inclina avec une certaine raideur, comme s'il n'appréciait pas outre mesure l'arrivée du nouveau venu. "Tu connais déjà ma petite sœur.

— Ta « petite » sœur ! cria Prudence, indignée. Maman, il me parle comme cela depuis le début des vacances. Ce n'est pas juste.

— Vous arrivez juste à temps pour nous aider à résoudre nos problèmes de tennis, Nicholas, dit Mme Chalmers. Je suppose que vous savez jouer au tennis ?

— Pas très bien, madame.

— Cela ne fait rien, les enfants ne sont pas de très bons joueurs non plus. Ce pauvre John est toujours au supplice quand il doit jouer avec nous.

— Helen et moi pourrions faire équipe contre John et Nicholas… proposa Robert.

— Et moi, alors ? demanda Prudence, indignée.

— Très bien, dans ce cas, Helen et moi contre Nicholas et Prue, et les vainqueurs…"

Visiblement de mauvaise humeur, John s'était retourné et décapitait des fleurs à coups de raquette ; puis, se souvenant de la présence de Mme Chalmers, il revint vers le petit groupe en arborant un air légèrement coupable.

"Vous préférez jouer en simple ou en double ? demanda-t-il à Nikolaas sans grand enthousiasme.

— En double, je dirais.

— J'ai horreur des doubles mixtes", dit-il avec force tout en décapitant des fleurs imaginaires avec sa raquette.

Les autres se querellaient avec animation sous le sourire de leur mère. "Les enfants, les enfants ! cria-t-elle. Si le tennis vous pose tant de problèmes, jouez plutôt au croquet." Ils poussèrent des gémissements. "Que vont penser John et Nicholas !

— John devrait commencer à nous connaître, depuis le temps", répliqua Prudence du tac au tac ; John devint tout rouge. Helen se contenta de sourire.

"Très bien, voilà qui est décidé, dit Robert. Nicholas et Prue contre nous deux..." Helen s'éloigna discrètement et traversa la pelouse en direction de la tonnelle.

"Nicholas, reprit Mme Chalmers, j'espère que cela ne vous ennuie pas de passer votre premier après-midi chez nous à jouer au tennis.

— Cela ne durera vraisemblablement que le temps d'une partie, madame."

Elle éclata d'un rire clair de jeune fille. C'était une femme d'une certaine corpulence, très maternelle, aux cheveux déjà gris, mais dont le visage avait conservé une beauté insouciante : jeune, elle avait dû être belle.

"Ne vous inquiétez pas, nous ne jouons pas au tennis tous les jours ; vous trouverez encore bien d'autres choses à faire. J'espère que vous passerez d'agréables, de très agréables vacances parmi nous.

— C'est très aimable à vous de m'avoir invité, madame. J'espère seulement que je ne dérange pas.

— Oh, la maison est très calme à présent, Robert est à Oxford, Prudence à l'internat, c'est toujours un plaisir pour moi d'avoir des jeunes gens à la maison. Ce n'est pas la place qui manque..."

Elle désigna d'un geste éloquent la grande bâtisse, les alignements de fenêtres, le jardin, la pelouse et les arbres dans la lumière du soleil couchant.

Prudence et Robert avaient commencé à tendre le filet sur le court. John avait emboîté le pas à Helen avec détermination et tous deux bavardaient à l'ombre de la tonnelle, semblant avoir oublié les autres. Mme Chalmers les observa un moment en silence puis, hochant la tête, elle s'adressa de nouveau à Nikolaas : "Vous avez assisté aux fêtes du couronnement, pendant que vous étiez à Londres ? demanda-t-elle.

— Mon oncle avait loué des places sur un balcon à Piccadilly pour nous permettre de voir le cortège.

— Ce devait être impressionnant – mais que voulez-vous, à mon âge, on a de moins en moins envie de sortir de chez soi. Lorsqu'Helen a été présentée à la Cour, nous avons loué une maison en ville pour la saison, c'était très agréable, mais j'étais contente que ce soit terminé."

Une domestique sortit de la maison et s'avança vers eux. "Les enfants ! À table !" cria Mme Chalmers. Prudence se précipita. Mme Chalmers referma son ombrelle, se leva de sa chaise et posa en souriant sa main sur le bras de Nikolaas : "Il faut absolument que vous me parliez de l'Afrique du Sud, poursuivit-elle. Un pays magnifique, à ce que j'ai entendu dire – nous avions des amis qui passaient chaque année l'hiver au Cap, ils en parlaient toujours avec enthousiasme. Vous devez avoir le mal du pays." Elle marchait en prenant légèrement appui sur son ombrelle, son autre main toujours posée sur le bras de Nikolaas. "Enfin, espérons que nous aurons un bel été" – elle s'interrompit brusquement, comme agacée par sa propre résignation. "Je suis certaine qu'il sera magnifique – que dis-je, je le sais !"

La conviction avec laquelle elle avait proféré ces paroles devait être contagieuse – un été radieux s'annonçait, le fait était incontestable. Ils traversèrent la pelouse ensoleillée en direction de la maison, suivis d'Helen et de John qui, toujours absorbés par leur conversation, devisaient à voix basse.

L'on joua donc au tennis après le déjeuner – Nikolaas et Prudence contre Robert et Helen, mais il s'aperçut très vite que Prudence n'avait nul besoin de son aide que, du reste, elle ne recherchait pas ; il comprit que le mieux était de tenter de demeurer hors du champ de sa raquette, qu'elle maniait avec force en faisant de grands moulinets. Telle une possédée, elle se ruait sur la balle qu'elle réussissait la plupart du temps à intercepter, fût-ce de manière peu orthodoxe. Helen, parfois, protestait devant tant d'audace et Robert maugréait contre son interprétation des règles mais elle ne s'en laissait pas conter, comme si la victoire finale était pour elle la seule chose qui comptât.

Ils remportèrent la première partie et Prudence se lança aussitôt dans une violente dispute avec Robert à propos de la suivante. John, toutefois, pénétra sur le court sans tenir compte de ses arguments et ce fut lui, désormais, qui joua contre Robert. Soulagé, Nikolaas alla s'asseoir à l'ombre près d'Helen. Elle avait tourné la tête pour suivre le nouveau match ; il l'observa de profil et songea qu'elle était vraiment belle dans sa robe d'été, avec sa chevelure brillante qui se détachait sur la verdure et son visage rougi à cause de la chaleur. Elle était aimable, polie et plongée dans ses pensées ; son attention et son esprit étaient ailleurs.

“Je suis fatiguée, dit Prudence en se laissant tomber à leurs pieds sur la couverture.

— J’aimerais bien que tu apprennes à jouer au tennis comme une jeune dame, dit Helen sans la regarder. C’est comme cela qu’on t’a appris à jouer à l’école ?

— Si c’est pour jouer comme une jeune dame, ça n’en vaut pas la chandelle.

— Je vais demander à maman de t’interdire de jouer quand nous avons de la visite. J’ai honte d’infliger un tel spectacle à mes amis.

— De toute manière, tes amis ne sont pas le genre de gens avec qui j’ai envie de jouer au tennis, rétorqua Prudence, mais Helen ne l’écoutait pas.

— Oh, bravo, John ! cria-t-elle.

— Bravo, John”, répéta Prudence en l’imitant.

Helen ne répondit pas à la provocation. “Tu es vraiment une sale gosse, dit-elle d’un air absent avant de se tourner vers la bonne qui portait un plateau chargé de citronnade et de verres. John ! Bob ! Venez vous chercher quelque chose à boire !

— On arrive ! répondit Robert. On fait juste encore une partie.” Il avait perdu la manche précédente ; il s’était jeté dans la lutte avec le même zèle que Prudence mais le jeu de John était celui d’un professionnel : rapide, efficace et sans pitié. Le zèle ne suffisait pas.

Helen versa la citronnade et ajouta des glaçons qui tintèrent dans les verres. Le jardin sommeillait dans la chaleur de l’après-midi, les abeilles bourdonnaient autour des massifs et hormis le son des voix sur le court et le bruit de la balle contre les raquettes, aucun son n’était perceptible dans la touffeur de l’été. Tout occupé à contempler l’épaisse frondaison au-dessus de sa tête, Nikolaas avait cessé de suivre le match et ne s'aperçut pas tout de suite que Prudence, agenouillée sur la couverture devant lui, avait tourné le dos aux joueurs de tennis et le dévisageait d'un air à la fois songeur et inquisiteur.

Elle ne détourna pas les yeux lorsque leurs regards se croisèrent : "Le tennis ne t'intéresse pas plus que ça, n'est-ce pas ? demanda-t-elle.

— Je suis un peu trop fatigué en ce moment pour y prêter toute l'attention voulue.

— En fait, j'ai l'impression que jouer ne te passionne pas non plus. Mais ne t'inquiète pas, nous ne jouons au tennis que lorsque John est là.

— Il se débrouille très bien.

— Oh, c'est un fou de sport. Il était en première division à l'école, il a joué au polo aux Indes et je ne sais quoi encore. Et il chasse, aussi." Son ton trahissait sa réprobation et son mépris. "Pourtant, tout compte fait, nous sommes des gens parfaitement civilisés, quoi que tu en penses.

— Pourquoi dis-tu cela ?

— Je ne sais pas. Aux yeux d'un étranger, les Anglais doivent sûrement avoir l'air de barbares.

— J'imagine que la réciproque est vraie.

— Oh, j'ai l'habitude des étrangers : nous avons souvent de la visite d'Europe. L'an dernier, ajouta-t-elle, je suis allée en Allemagne. J'étais à Berlin pour les Jeux olympiques."

De toute évidence, elle avait dit cela dans le but de l'impressionner, ce qui accentuait encore son côté enfantin. "Et tu as aimé l'Allemagne ?" demanda-t-il.

Elle réfléchit avant de répondre : "J'ai bien aimé le pays, dit-elle alors. Mais pas ces affreux nazis. Je les ai en horreur."

La violence avec laquelle elle avait prononcé ces paroles fut couverte par les rires et les cris. Prudence jeta un regard par-dessus son épaule.

"Ils ont terminé. Tant mieux, comme cela John va sans doute s'en aller bientôt.

— Tu ne l'aimes pas ?

— Oh, il n'est sans doute pas bien méchant, mais il est terriblement coincé. Naturellement, il a encore gagné, il gagne tout le temps. C'est pour cela qu'il aime bien jouer contre Bob. Tu joues aux échecs ?

— Un peu.

— Tu es bon en quoi, au juste ? demanda-t-elle crûment.

— J'aime mieux étudier que jouer.

— Ah oui, Bob a dit que tu étais très intelligent.

— Ce n'est pas tout à fait vrai non plus.

— Si ce n'était pas le cas, il ne l'aurait pas dit."

Ils entendirent soudain, derrière les arbres, le bruit d'une voiture qui s'arrêtait devant la maison : "Voilà papa !" cria-t-elle. La jeune fille sérieuse et imprévisible, de nouveau métamorphosée en petite écolière surexcitée, traversa la pelouse au pas de course.

John monta dans sa voiture de sport et démarra ; l'on rangea le filet et les raquettes dans la cabane de jardin, l'on replia les chaises de toile. Le temps se rafraîchit, l'ombre recouvrit peu à peu la pelouse.

Au pied de l'escalier, comme ils étaient sur le point de monter, Robert posa sa main sur le bras de Nikolaas : "Au fait, Nicholas, nous nous changeons pour dîner, dit-il, un peu mal à l'aise.

— Oui, bien sûr", dit Nikolaas ; il comprit aussitôt que sa réaction avait été trop vive. Robert l'avait remarqué lui aussi et son visage s'empourpra ; ils restèrent un instant face à face sans rien dire, tous deux mal à l'aise, et s'écartèrent pour laisser le passage à Helen ; il était trop tard pour ajouter quoi que ce fût.

Nikolaas songea, tout en montant l'escalier, que sa brusque réaction était à la limite de la grossièreté ; Robert pensait-il vraiment qu'il ignorait que dans ces milieux on se changeait pour le dîner ? Le prenait-il pour un colonial mal dégrossi ?

Ses bagages étaient défaits, sa tenue de soirée étalée sur le lit. Une cruche d'eau chaude enveloppée dans des serviettes était posée par terre, à côté du lavabo. L'incertitude qu'il avait ressentie lors de son arrivée s'empara à nouveau de lui tandis qu'il s'habillait et se débattait avec son bouton de col, ses boutons de manchettes et sa cravate : oui, il avait commis une erreur en se mêlant à ces étrangers, dans un pays dont il ne maîtrisait complètement ni les règles du jeu, ni les fines nuances qu'exprimaient les intonations, l'accentuation et jusqu'au moindre geste. Il se demanda s'il y aurait un coup de gong ; devait-il descendre ou attendre dans sa chambre ? Soudain, la vieille maison sombre de Sussex Gardens lui parut un refuge aimable, inaccessible.

Il vit par les fenêtres ouvertes le jardin plongé dans la pénombre, qu'éclairait faiblement la lueur du soir tombant ; à l'intérieur de la maison les lampes étaient allumées et, dans la salle à manger, Mme Chalmers déambulait tout autour de la table avec sa robe du soir et ses rubis. "Oh, *Nicholas*", dit-elle comme si elle l'attendait ; elle lui souhaita de nouveau la bienvenue et l'enveloppa de son sourire radieux : "Vous serez assis à côté de moi. Mais que dis-je – Fields n'a même pas encore annoncé que le repas était prêt. Venez, allons faire un tour au salon en attendant…"

La maison, avec ses longs couloirs et ses pièces innombrables, était tout illuminée et bruissait d'agitation ; l'on entendait dans les pièces adjacentes les voix qui résonnaient, le craquement des planchers, les claquements des portes que l'on ouvrait et refermait : non loin quelqu'un avait commencé à jouer du piano, dans l'escalier quelqu'un riait. Mme Chalmers était restée dans le vestibule, comme si elle désirait regrouper et coordonner cette foule d'activités diverses ; soudain, comme si elle était réellement le pivot de toute cette vie qui remplissait la maison, l'axe autour duquel tout tournait, toute la famille fit cercle autour d'elle, descendant l'escalier ou débouchant des couloirs et des pièces voisines : Helen très mince, vêtue de bleu, Robert très élégant dans son costume sombre et Prudence, les cheveux soigneusement brossés. Tout ce monde riait, bavardait et plaisantait ; Mme Chalmers était de nouveau rayonnante, jeune et insouciante, rassurée de savoir qu'elle était, au milieu du vestibule où elle attendait dans sa robe noire, le centre d'intérêt de la maisonnée et de la famille.

Entre deux rires, tout en répondant à des questions et en en posant elle-même, elle n'oubliait pas Nikolaas qui se tenait à quelque distance du petit groupe, légèrement en retrait, et elle tendit la main vers lui pour l'attirer dans leur cercle. "Nicholas ! cria-t-elle. George, est-ce que vous avez déjà fait la connaissance de Nicholas ?"

L'homme qui venait de faire son apparition au bas de l'escalier, occupé à remonter une montre à gousset d'une autre époque, leva le regard vers lui et plissa les yeux : "Enchanté de vous rencontrer, Nicholas", dit-il avec bienveillance, bien que de toute évidence il n'eût pas la moindre de qui était cet étranger ni de ce qu'il faisait là.

Nettement plus âgé que sa femme, c'était un homme qui devait avoir une soixantaine d'années, au comportement un peu étrange mais amical et au visage hâlé des gens qui passent beaucoup de temps en plein air. "Vous habitez dans les environs ?" demanda-t-il.

Les enfants éclatèrent de rire et son épouse lui tapota le bras : "Voyons, George, vous savez bien, c'est l'ami de Robert, d'Afrique du Sud, que nous avons invité pour les vacances, le chapitra-t-elle au milieu de l'hilarité générale.

— Nicholas est avec moi à Pembroke, papa, intervint Robert.

— Ah oui, Pembroke ! Excellent collège, vraiment excellent. Moi-même, j'ai fait mes études à Balliol."

À cet instant, le majordome fit son apparition par la porte coulissante qui menait à la cuisine et, quelque peu interloqué, embrassa du regard toute la famille assemblée dans le vestibule qui paraissait l'attendre. "Madame est servie", annonça-t-il.

Mme Chalmers jeta un regard autour d'elle : "Venez, passons à table. Nicholas, vous voulez bien me donner le bras ? Je me demande vraiment ce que vous allez penser de cette famille."

Il franchit le seuil de la salle à manger, Mme Chalmers à son bras ; les autres le suivirent en bavardant et en riant : comme sur la crête d'une vague, il se laissa porter par leur bonne humeur et leur gaieté insouciante et naturelle.

Il était tôt lorsqu'il descendit, trop tôt sans doute, car personne dans la maison n'était encore levé, à l'exception des domestiques qui montaient des plateaux avec du thé et des brocs d'eau chaude dans les chambres.

Il arpenta le jardin à pas lents, traversa la pelouse, dépassa les tennis, les chaussures au cuir étincelant qu'il avait trouvées devant sa porte déjà humides de rosée, puis il fit le tour de l'étang en se courbant pour passer sous les branches des arbres. Laissant derrière lui les haies taillées et les massifs bien entretenus, il déboucha dans une partie plus ancienne, plus négligée, où les arbustes aux troncs épais étaient alignés en rang d'oignon et où la lumière matinale ne pénétrait que voilée. Il ouvrit une petite barrière, entra dans un jardin entouré de murs où poussaient librement des œillets, des roses trémières et de la lavande, et où quelques poiriers tendaient leurs branches jusque sur la pierre rosée. Abandonné, oublié, le jardin somnolait sous les premiers rayons du soleil comme si personne jamais n'en franchissait l'enceinte, comme s'il était le premier à troubler le repos séculaire du lieu en flânant le long des massifs gorgés de fleurs d'un autre temps, foulant sans bruit les allées couvertes de mousse. Il vit, de l'autre côté de cette silencieuse enclave, des pelouses et des rangées d'arbres derrière lesquels flottait, sur un épais tapis de verdure, la maison avec ses rangées de fenêtres, ses cheminées, ses pièces innombrables, ses domestiques, ses portraits en pied et son argenterie ornée des armoiries familiales. Combien de fois, lors de ses randonnées pédestres, ou bien à bicyclette, n'avait-il pas longé les clôtures de ces manoirs et deviné, derrière la maison du gardien, les courbes de l'allée et les arbres qui dissimulaient aux regards le reste de la propriété : en de rares occasions il était parvenu à entrevoir la maison elle-même, trônant majestueusement tout au fond des prairies verdoyantes ou flottant au-dessus des arbres, mais toujours de loin, à travers les grilles ou par-dessus les murs qui tenaient l'étranger à distance. Il connaissait les maisons de certains de ses professeurs aux alentours d'Oxford, la maison de Sussex Gardens, les demeures des amies de sa tante Elizabeth qu'il lui arrivait, l'après-midi, d'accompagner à des réceptions, celles des relations d'affaires de son oncle Thomas où il avait passé des soirées entières à jouer aux cartes ou participé à des dîners d'un ennui mortel, mais c'était la première fois qu'il était admis dans l'un de ces manoirs où la richesse, la tradition, le pouvoir, la puissance et la dignité étaient presque palpables en dépit de la discrétion avec laquelle ils étaient exposés. Accueilli dans cet univers, même si ce n'était que pour une courte période et à titre de faveur, il pouvait s'y mouvoir à loisir, presque comme si tout cela lui appartenait.

Mais pour combien de temps ? Personne ne lui avait précisé la durée de son séjour ni ne lui avait donné la moindre indication sur ce que l'on attendait de lui. Combien de temps devait-il, pouvait-il rester ? Il ne le savait pas au juste ; ébahi, il tâtonnait tel un aveugle pour s'orienter dans ce monde étrange où il ne serait jamais chez lui, mais dont il conserverait pourtant toujours la nostalgie, fouillant du regard la propriété à travers les grilles du parc ou par-dessus le mur d'enceinte.

La maison était toujours déserte et le couvert, dans la salle à manger, n'était pas mis. Je vais attendre dans ma chambre, songea-t-il ; toutefois, comme il montait l'escalier, il vit sur le palier, devant la fenêtre, un livre sur les genoux, la petite Prudence recroquevillée dans un coin du canapé que cachait un rideau.

"Tu es bien matinal, dit-elle, levant les yeux vers lui. Je t'ai vu sortir dans le jardin.

— Je pensais être le seul à être réveillé.

— Oh, moi, je suis levée depuis longtemps, bien avant vous tous." Elle referma son livre comme pour indiquer qu'elle était disposée à engager la conversation, et il alla s'asseoir près d'elle. "En fait, tu n'es pas censé savoir où je suis – ici, derrière le rideau, c'est ma cachette secrète. C'est étonnant, le nombre de fois où les gens passent ici sans me voir.

— Je ne dirai rien à personne, promit-il. Qu'est-ce que tu lis ?

— Julienne de Norwich.

— Qui est-ce ?

— Une mystique du XIVe siècle." Sa réponse fit à Nikolaas l'effet d'un reproche. "C'est ma lecture spirituelle pour ces vacances. Heureusement, les chapitres sont courts.

— Je n'ai jamais entendu parler d'elle.

— Ça ne m'étonne pas. Tu as déjà déjeuné ?

— Il n'y a personne dans la salle à manger.

— Le petit-déjeuner est servi dans la salle des petits-déjeuners", expliqua-t-elle du même ton sentencieux que précédemment, avant de prendre son ignorance en pitié : "C'est vrai, tu ne connais pas encore la maison. Viens, je vais te montrer."

Son livre sous le bras, elle le précéda dans l'escalier, s'arrêta et posa la main sur un bouton de porte :

"Ce matin, maman doit aller à une réunion de la commission scolaire à Haverhill, lui confia-t-elle sur le ton du secret, elle est dans tous ses états. Fais comme si tu ne remarquais rien."

Elle le conduisit jusqu'à une pièce baignée de soleil où Chalmers, vêtu d'un vieux costume de tweed usé, faisait les cent pas tout en mangeant son porridge ; Robert s'était retranché derrière un journal et Mme Chalmers, déjà habillée pour sortir et coiffée de son chapeau, faisait des allers-retours entre eux et la pièce voisine. "C'est proprement insupportable !" cria-t-elle à l'instant précis où Nikolaas et Prudence faisaient leur entrée ; en les apercevant, elle s'interrompit et gratifia Nikolaas d'un sourire. "Je suis absolument certaine qu'il était dans le petit bureau." Elle s'éloigna dans un froissement d'étoffes et sa voix résonna depuis la pièce voisine : "Prudence ! Prudence ! C'est toi qui as encore fouillé dans mon bureau ?"

"Bien, dit Chalmers, je dois y aller." Une domestique annonça que la voiture de madame était avancée et Mme Chalmers revint dans la pièce, précédée du froufrou de sa robe : "Cette maison est dans un chaos permanent, dit-elle à Nikolaas. Personne ne range jamais rien au bon endroit.

— Mais, maman, dit Prudence qui l'avait accompagnée, ces papiers, c'est pourtant toi qui les as rangés.

— Quoi qu'il en soit, Prudence, j'aimerais que tu cesses de fouiller dans mon bureau chaque fois que tu as besoin de quelque chose." Arrivée sur le seuil, elle se retourna et sourit à Nikolaas. Oubliant ses soucis, elle lui consacra un instant toute son attention : "Je vous souhaite une très agréable matinée,

Nicholas. Emmène-le à la ferme, ajouta-t-elle à l'adresse de Prudence. Et montre-lui les plaques commémoratives au temple."

Sa voix s'éteignit dans le couloir. Quelqu'un chercha un parapluie, les domestiques s'affairaient dans l'escalier, puis le calme revint.

"Et voilà ! dit Robert. Heureusement, cela n'arrive pas souvent, juste quand elle doit aller à l'une de ces réunions de commission."

Nikolaas et Prudence se servirent dans les plats que de petits réchauds à alcool posés sur le buffet gardaient à la bonne température et prirent place à table. "Dépêche-toi de finir le journal, Bob, dit Prudence. Papa a encore emporté le *Times*.

— Tu veux jeter un coup d'œil au journal, Nicholas ? proposa Robert.

— Cela ne presse pas. Quelque chose d'intéressant ?

— Stanley Baldwin a été intronisé à la Chambre des lords. Et l'Angleterre n'a pas l'intention de revenir à l'étalon-or.

— C'est cela que tu appelles « quelque chose d'intéressant » ? demanda Prudence. Quelles sont les nouvelles d'Espagne ?

— Les partisans de Franco ont de nouveau bombardé Bilbao. Tu suis ce qui se passe en Espagne, Nicholas ?

— Pas vraiment.

— La situation n'a pas l'air de s'arranger. Ils ont encore bombardé quatre villes de la côte avec des croiseurs, et Madrid et Valence ont été bombardées elles aussi. Il paraît qu'il y a plus d'une centaine de morts à Madrid, essentiellement des femmes.

— Ce Franco, c'est le diable en personne", affirma Prudence avec force.

Helen, qui pressait une épingle dans sa chevelure, les interrompit au beau milieu de leur conversation : “Oh, non, encore l’Espagne !” dit-elle en souriant à Nikolaas. Elle examina les plats sur le buffet et fit tinter la clochette pour commander à la bonne du pain frais pour les toasts.

“Ces sales fascistes massacrent des femmes et des enfants et toi, pendant ce temps, tu bois ton café comme si de rien n’était !

— Et que suis-je censée faire, d’après toi ? Petite idiote ! De plus, il fait vraiment trop chaud pour se disputer sur des choses pareilles.” Prudence était de toute évidence prête à en découdre, mais pour Helen l’affaire était classée : “Que faites-vous aujourd’hui, Bob ? demanda-t-elle.

— Je ne sais pas, nous n’en avons pas encore parlé. Maman a pris la Rolls pour aller à Haverhill et papa a besoin de la Morris, mais si tu veux, Nicholas, nous pouvons te trouver un vélo et aller faire une balade, pour que tu voies un peu la région.

— Excellente idée !

— Je viens aussi ! dit Prudence en se dirigeant vers le buffet pour se resservir.

— Et toi, Helen ?

— Par cette chaleur ? Merci bien !” Elle se pencha au-dessus de la table pour attraper le journal posé à côté de Robert.

“Helen, espèce de grosse vache ! cria Prudence avec indignation. Bob a dit que je pourrais avoir le journal quand il aurait fini !

— D’accord, calme-toi, je jette juste un coup d’œil en vitesse.

— Il faudra aussi trouver un vélo pour Gerda, dit Prudence en mangeant ses œufs brouillés.

— Elle peut prendre le mien, dit Helen qui feuilletait le journal en survolant les titres. Je n'ai aucune intention de passer l'été à faire du vélo.

— Bien sûr, tu as mieux à faire", rétorqua Prudence avec une ironie exagérée – Helen ne releva pas.

"Tiens, Jean Harlow est morte, dit-elle sans la moindre émotion en levant les yeux. Tu fais partie de ses admirateurs ?" demanda-t-elle à Nikolaas.

C'était la première fois qu'elle le dévisageait de manière aussi directe, de ce même regard troublant et limpide qui l'avait déjà frappé chez Prudence et Robert ; la question le prit au dépourvu et il faillit s'étrangler en buvant son café.

"Non, dit-il, pas spécialement.

— Ah bon, répondit-elle avec la même indifférence. Moi non plus." Elle se replongea dans la lecture du journal.

"Je vais demander à Patrick de sortir les vélos de la grange", dit Prudence. Elle avala le reste de son café et sortit en trombe de la pièce.

"Dis-lui de les graisser, lui cria Robert en se levant lui aussi. Rendez-vous dans une demi-heure à la porte d'entrée, Nicholas."

Il resta seul à la table du petit-déjeuner avec Helen qui buvait son café en silence ; sur le buffet, les flammes des réchauds à alcool crépitaient, et sur la table, le soleil qui inondait la pièce faisait briller l'argenterie et les verres. Comme il était sur le point de marmonner une excuse pour se lever à son tour, elle le fixa de nouveau de son regard inquisiteur.

"Est-ce que vous nous trouvez bizarres ?" demanda-t-elle d'un air pensif ; elle sentit qu'il répugnait à répondre à une question aussi directe. "Apparemment, bien des gens nous prennent pour des originaux, et ils ont probablement raison. Papa et maman nous ont élevés ainsi – enfin, papa n'y est pas pour grand-chose, mais maman, dans son genre, n'est guère conventionnelle. Nous avons tendance à dire tout ce qui nous passe par la tête, ajouta-t-elle dans un sourire. Est-ce que cela vous gêne ?

— Oui, avoua-t-il, un peu, parfois.

— John aussi, énormément ; c'est pourquoi il règne toujours une certaine tension dans la maison quand il est là. Mais ce n'est pas méchant, vous comprenez ?

— Je n'en ai jamais douté."

Tout à la fois amusée et incrédule, elle lui jeta un dernier regard avant de plier sa serviette : "Qui plus est, Prudence a manifestement décidé qu'elle vous aimait bien, ce qui n'est pas le cas de tous nos visiteurs. Et ça, malheureusement, ça peut devenir fatigant.

— Jusqu'ici, je n'ai rien remarqué.

— C'est que vous ne la connaissez pas bien, mais il y a des signes qui ne trompent pas. Ces temps-ci, malheureusement, elle est assez pénible avec ses histoires de religion et de politique. C'est sans doute l'influence de son école – quant à moi, j'ai eu la chance d'avoir une gouvernante."

Il se leva pour lui ouvrir la porte. "Vous venez d'une famille nombreuse ? demanda-t-elle en passant devant lui.

— J'ai un tas de frères et sœurs, mais je suis le plus jeune – le dernier a quitté la maison quand j'étais encore petit.

— Alors vous avez sans doute eu une jeunesse tranquille, sans histoire.

— Oui, c'est exact.

— Bob dit qu'à Oxford aussi vous menez une vie plutôt solitaire. Mon pauvre, vous devez vous demander où vous êtes tombé !" Dans le couloir, sur une petite table, elle prit son nécessaire de correspondance et s'arrêta au seuil de la terrasse pour ouvrir son ombrelle : "Profitez bien de la matinée. Et si Prudence vous fatigue, ne vous laissez pas faire, hein !"

Elle lui sourit sous son ombrelle puis, oubliant aussitôt sa présence, elle tourna les talons. Il la suivit du regard, troublé par son assurance et sa beauté, et comme elle s'éloignait il ressentit à nouveau la vague tristesse qu'il avait éprouvée lorsqu'elle avait annoncé qu'elle ne se joindrait pas à eux pour la promenade à bicyclette. Elle traversa lentement la pelouse, mince et droite sous son ombrelle dans sa robe d'été sans manches ; c'était comme si elle avait étendu sur lui une sorte de bénédiction qui illumina toute sa matinée.

Le village n'était pas grand : une unique grand-rue, longue, bordée d'une petite centaine de maisons qui s'étageaient jusqu'au terrain communal et à la tour de l'église, grise et carrée. Très vite, les bâtiments firent place à la campagne avec ses fossés et ses clôtures, ses champs et ses bosquets qui bruissaient sous l'effet du vent. Robert et Prudence lui firent franchir la voie ferrée et le pont qui enjambait la rivière, puis ils gravirent une route qui longeait le domaine. Des ouvertures pratiquées dans les clôtures laissaient entrevoir des champs de blé et d'orge et des fermes centenaires au milieu des vergers ; de temps en temps, l'un d'eux se retournait pour lui crier le nom de la ferme qu'ils venaient de traverser.

“À qui appartiennent toutes ces terres ? demanda-t-il, légèrement essoufflé d’avoir pédalé jusqu’en haut de la côte.

— À nous, bien sûr, répondit Robert tout naturellement.

— De ce côté du village, ajouta Prudence, toutes ces terres sont à nous, jusqu’à la ligne de crête.”

Il ne répondit pas car la pente devenait de plus en plus raide. Robert se retourna, vit qu’il peinait et ralentit le rythme pour ne pas le distancer. Ils finirent par atteindre le sommet de la colline ; Prudence et Robert mirent pied à terre, jetèrent les vélos et s’allongèrent sur l’herbe, à l’ombre des arbres.

“Reposons-nous un peu, dit Robert, comme Nikolaas les rejoignait. C’est vrai qu’il fait chaud.

— Je suis épuisé.

— Tu devrais faire davantage de vélo à Oxford. Je suis sûr que tu ne fais pas assez d’exercice.”

Il appuya sa bicyclette contre un arbre et alla s’asseoir près d’eux, à l’ombre. En contrebas s’étendaient la vallée, les champs et les pâturages bordés de haies, les arbres et les bois qui flottaient dans la chaleur, l’horizon qui vibrait.

“Là-bas, dit Robert, c’est l’église de Long Melford. Elle date du XVe siècle.” Adossé à un arbre, Nikolaas regarda la tour qui se dressait au-dessus des arbres, à peine visible dans le ciel voilé par la chaleur, et écouta Robert qui passait en revue les lieux qui s’offraient à eux depuis leur poste d’observation, villages, manoirs, fermes, bois et cours d’eau, autant de noms étranges qu’il psalmodiait comme une litanie familière : Colt’s Hall et Duck’s Hall, Wales End et Easty Wood, la Glem et la Stour. Il donnait l'impression de parler tout seul, de fixer les limites et les repères d'un monde familier pour son propre plaisir. Puis il se tourna vers Nikolaas.

"Comme nation, nous autres Anglais avons plutôt tendance à nous croire supérieurs aux autres – nous vivons sur notre île et nous nous fichons pas mal du reste du monde. Nous trouvons normal que le monde entier partage nos sentiments, nous traînons nos visiteurs dans les collines en pleine canicule pour leur montrer un paysage, juste parce qu'il représente quelque chose pour nous..." Il s'interrompit, se mit à rire, et Nikolaas éclata de rire à son tour.

"Pour moi, tout cela est si nouveau, si intéressant ! Je commence tout juste à découvrir l'Angleterre.

— Que fais-tu en général, pendant les vacances ?

— Je vais chez mon oncle et ma tante, à Londres. L'été, la plupart du temps, nous allons tous ensemble à l'île de Wight."

Prudence était allongée sur le ventre, le menton appuyé sur les mains : "L'île de Wight ? répéta-t-elle, étonnée. Il y a vraiment des gens qui vont là-bas ?" Son étonnement était sincère.

"Mon oncle – le mari de ma tante – est originaire de l'île", expliqua-t-il en se demandant s'il n'aurait pas mieux fait de taire la destination de ses vacances d'été – Robert se mit à rire.

"Tu dois trouver cela bien impoli, toutes ces questions indiscrètes.

— Je ne vois rien là d'impoli, intervint Prudence. Comment veux-tu connaître quelqu'un si tu ne lui poses pas des questions un peu personnelles ?

— Tu pourrais te servir de tes talents d'observatrice.

— Je sais, mais ça ne suffit pas toujours. Il y a des tas de choses que l'on a envie de savoir mais que l'on ne peut pas deviner si on se contente d'écouter l'autre et de le regarder poliment dans le blanc des yeux.

— Qui a dit que Nicholas voulait qu'on le connaisse ?" Robert parlait vite, comme s'il souhaitait empêcher que Nikolaas, par politesse, se sente obligé de répondre : "Si cela t'intéresse vraiment, nous aurions encore bien des endroits à te montrer. Nous pourrions emprunter la voiture de papa et aller soit à Bury, soit à Ely. Prudence pourrait peut-être même nous accompagner, si elle promet d'être sage." Prudence refusa la perche qu'il lui tendait : elle roula sur l'herbe, alla s'asseoir un peu à l'écart et leur tourna à moitié le dos, renonçant à prendre part à leur conversation. "Et comme je te l'ai dit, il y a pas mal d'activités dans les environs. Prue, est-ce que tu sais si les voisins ont prévu quelque chose, cet été ?"

Prudence, occupée à contempler le paysage, ne prit pas la peine de se retourner.

"Lady Emmeline et sa famille sont de retour, dit-elle d'un air absent.

— Comment le sais-tu ?

— Patrick me l'a dit quand il m'a aidé à réparer les vélos. Sir Edmund est allé les chercher à Harwich.

— Les filles sont là aussi ?

— On peut toujours espérer qu'elle les ait laissées en Italie, mais je crains le pire."

Robert, se rappelant tout à coup la présence de Nikolaas, se retourna vers lui avec cette rapidité et cet empressement qui était apparemment un trait de caractère commun à toute la famille : "Ce sont les Fairfield, nos plus proches voisins – tu feras bientôt leur connaissance." Il semblait ravi à cette idée, comme si leur retour était pour lui une bonne nouvelle et une surprise : "Viens, dit-il, on continue ?"

Avant même que Nikolaas eût le temps de se relever, Robert était déjà en selle. Prudence attendit encore quelques instants puis se leva lentement à son tour. "Bob va sans doute passer tout l'été avec cette horrible Cecily, dit-elle en ramassant sa bicyclette. À partir d'ici, ajouta-t-elle à l'adresse de Nikolaas, c'est du plat. Et le dernier tronçon, c'est de la descente."

Le sentiment d'étrangeté demeurait et plus il avançait dans ce monde inconnu, plus il craignait d'avoir commis quelque maladresse, par la manière dont il avait accentué tel ou tel mot ou prononcé tel ou tel nom, par une remarque qu'il avait faite, une réaction ou un geste qu'il avait eu. Personne dans la famille ne donnait le moindre signe qui pût laisser supposer que sa conduite fût répréhensible à leurs yeux : tous faisaient preuve à son égard d'une amabilité et d'une bonne volonté indéfectibles, s'efforçaient constamment de faire en sorte qu'il ne se sente pas exclu et l'associaient toujours au cercle familial avec beaucoup de sollicitude ; aussi, en dépit de ses hésitations du début, finit-il peu à peu par se sentir à son aise dans cette grande maison aux pièces innombrables dans lesquelles il se perdait, ce fouillis sympathique de raquettes de tennis, de livres et de fleurs, avec ses domestiques et cet immense écran de verdure qu'il voyait par les fenêtres ouvertes en permanence. Le parfum des fleurs, le bourdonnement des abeilles, le bruit d'une tondeuse au loin dans la chaleur étouffante ou le son d'une voix criant un nom tout au bout d'un couloir – il ferma les yeux, se renversa sur les coussins du canapé, oubliant le livre posé sur ses genoux, et se prit à penser que la vie, dans cette maison, suivait son cours comme depuis des centaines d'années et qu'elle le portait désormais dans son flot. Somme toute, songea-t-il, c'était bien agréable ; il résolut d'écrire à sa famille : tante Elizabeth et son mari seraient heureux d'avoir de ses nouvelles. Il prendrait plaisir à leur exposer avec insouciance tous les détails de son séjour mais pour le moment, il était trop paresseux pour se mettre au travail.

"Oh, Nicholas, vous êtes là ?" Mme Chalmers rentrait du jardin, un panier de fleurs à la main. "Je n'y vois rien, avec ce soleil. Non, non, ne vous dérangez pas ; vous avez l'air si bien installé." Toutefois, comme il s'était déjà levé, elle s'arrêta un instant pour bavarder : "Je crains qu'il fasse encore très chaud aujourd'hui – d'habitude, nous nous plaignons de la pluie mais cet été c'est l'extrême inverse. Mais vous, bien sûr, vous êtes habitué à la chaleur, n'est-ce pas ?"

Comme elle regardait autour d'elle d'un air absent, en quête d'un endroit où déposer son panier, il le lui prit des mains ; elle le remercia d'un sourire et lui tendit les gants de jardin et les ciseaux : "En fait, je ne sais presque rien de l'Afrique du Sud – nous n'avons pas encore vraiment eu l'occasion de bavarder ensemble. Tout d'abord il y a eu cette misérable réunion de la commission scolaire, et hier, Mme Price, de l'Association des mères de famille, a passé tout l'après-midi à me parler de ses problèmes... Quels sont vos projets pour la matinée ?

— Robert parlait d'aller à Lavenham. Il vient de partir pour faire vérifier la voiture.

— Oh, un tel trajet, par cette chaleur… Vous avez bien de l'énergie ! Mais alors, nous avons un peu de temps pour bavarder. Venez, allons dans mon petit salon." Elle posa sa main sur son bras : il s'était habitué à ces gestes impulsifs de sa part, comme si elle voulait toujours littéralement entraîner autrui dans son enthousiasme. "Et hier, qu'avez-vous fait ? Nous n'avons pas vraiment pu parler à table non plus, dans cette maison tout le monde parle en même temps et vous n'avez pas encore appris à vous jeter dans la conversation !" Ils étaient déjà au milieu du couloir lorsqu'elle s'aperçut qu'il portait toujours le panier de fleurs : "Oh, laissez-le là, laissez-le donc là ! cria-t-elle avec impatience. Belling s'en occupera plus tard." Il posa le panier sur un guéridon dans le vestibule.

Elle le mena vers une petite pièce claire qui jouxtait la salle du petit-déjeuner et qui était de toute évidence son coin à elle, garnie de beaux meubles du début du XIXe siècle : un petit bureau couvert de papiers, de fleurs, de bibelots, de photos d'enfants dans des cadres et de portraits plus anciens de couleur sépia, des murs blancs lambrissés auxquels étaient accrochées des aquarelles et des vitrines remplies d'objets en porcelaine. Le tout formait un désordre joyeux et bon enfant et l'on voyait par les fenêtres ouvertes, dans le jardin, les massifs en terrasse. "Asseyez-vous, dit Mme Chalmers ; asseyez-vous donc et parlez-moi un peu de vous."

Lui prêtant une oreille attentive, elle prit place dans le fauteuil en face de lui ; légèrement ému, Nikolaas la regardait sans trop savoir ce qu'il devait dire ; elle s'aperçut de son embarras et éclata de ce rire joyeux et insouciant de jeune fille qui lui était si particulier.

"Vous devez me prendre pour une vieille femme impossible et fantasque, et vous aurez probablement raison, les enfants me le répètent assez. Je dois tout d'abord vous dire, Nicholas, que ma grand-mère était hongroise : les enfants la tiennent pour responsable de mon insatiable curiosité et de mes autres traits de caractère si peu anglais – j'ai bien peur que quelques gouttes de ce sang étranger coulent aussi dans leurs veines. J'espère au moins que vous vous sentez bien avec nous, malgré tout.

— Mais certainement, madame, je suis ravi d'être ici.

— C'est bien vrai ?" Elle s'était penchée vers lui, s'était avancée tout au bord de son siège et avait posé la question d'un air grave. C'est d'elle, songea-t-il, que les enfants tiennent ce regard étonnant, si direct ; il éprouva un léger sentiment de malaise, comme chaque fois que quelqu'un le fixait de la sorte. "Vous êtes bien installé ? Vous avez tout ce qu'il vous faut dans votre chambre ?

— Absolument tout, madame, merci beaucoup.

— Est-ce que vous avez visité la maison ? Et le jardin ? Il faut vraiment que je vous fasse visiter le jardin, peut-être cet après-midi, quand nous aurons pris le thé et qu'il fera un peu plus frais.

— J'ai déjà fait quelques promenades. Je suis allé jusqu'au jardin qui est entouré de murs, derrière l'étang.

— Ah, vous avez découvert l'ancien jardin ?" Elle eut l'air à la fois étonné et ravi, comme si elle ne s'attendait pas du tout à cette réponse et qu'il venait de marquer un point. “Autrefois, à l’époque des Tudor, il y avait là une maison, bien avant que celle-ci ne soit construite – mon mari pourra vous en dire davantage là-dessus –, et le jardin en faisait partie. Le vieux Bain ne peut plus faire grand-chose, désormais il se contente de bricoler – je sais bien que le jardin a l’air négligé, mais cela lui fait plaisir de travailler là et quant à moi je l’aime bien, ce vieux jardin, avec ces fleurs toutes simples, passées de mode. En Angleterre, les fleurs ont de jolis noms, vous ne trouvez pas ? Giroflées, violiers, pieds-d’alouette, renouées…” Elle lui sourit. “Sans parler des pommes et des poires, toutes ces variétés d’autrefois que plus personne ne cultive. Est-ce que votre tante a un jardin, à Londres ?

— Oui, mais il n’est pas très grand. À vrai dire, personne n’y met jamais les pieds.

— Je vois, un jardin londonien avec un petit gazon et une haie de lauriers couverte de suie. C’est bien cela, n’est-ce pas ?

— Oui, dit-il en souriant.

— Vous savez, Nicholas, vous devriez sourire plus souvent. Vous êtes un tout autre homme quand vous souriez. Dans quel quartier habitent votre oncle et votre tante ?”

Il hésita un instant.

“Au nord du parc, répondit-il.

— Kensington ?

— Bayswater”, avoua-t-il, soulagé de voir que ce nom, apparemment, ne lui évoquait rien. Elle poursuivit sur le même ton enjoué.

“Vous êtes beaucoup trop sérieux, Nicholas. Vous ne m’en voulez pas de vous dire cela, n’est-ce pas ? Trop sérieux et trop poli, beaucoup trop poli. Il n’y a aucune raison d'être aussi formel chez nous. Vous n'êtes pas obligé d'écouter poliment toutes mes bêtises en hochant la tête pour me faire savoir que vous êtes d'accord avec moi – ni même de faire quoi que ce soit d'autre dans cette maison. Disputez-vous avec nous, contredisez-nous, coupez-nous la parole, quittez la pièce si on vous ennuie…" Elle eut un ample geste de la main, comme si elle voulait englober ce faisant toutes les ruptures imaginables des conventions, et lui sourit à nouveau ; il ne put s'empêcher de lui sourire en retour. C'était encore l'un de ces moments où le cercle s'ouvrait pour l'inclure : elle bavardait avec lui avec naturel, spontanément, comme s'il faisait partie de sa famille, de son monde.

"Mais en écoutant ce que les autres disent, reprit-il, peut-être entendrai-je quelque chose qui en vaille la peine."

Elle rit.

"Dans cette maison, c'est peu probable. Vous autres Sud-Africains, vous êtes toujours trop polis, trop bien élevés. Ne serait-ce pas par manque de confiance en vous ? Les Australiens, en revanche, c'est tout le contraire, exactement comme les Américains. Parfois je m'y perds, c'est décourageant, tous ces gens si différents, chaque fois il faut s'adapter. Mais c'est passionnant, ne trouvez-vous pas ?"

Elle se leva et se mit à arpenter la pièce de long en large, son attention à nouveau distraite de la conversation : elle s'immobilisa devant un vase de fleurs qu'elle commença à arranger avec de petits gestes brusques et impatients.

"Ne vous inquiétez pas, nous allons nous occuper de vous, dit-elle avec entrain. Vous resterez suffisamment longtemps avec nous. Nous vous attaquerons par surprise et vous submergerons ; nous allons tout bonnement vous immerger, que vous le vouliez ou non, et quand nous vous renverrons à Oxford vous serez devenu un autre homme."

Il rit de la violence des images qu'elle avait employées : "Je suis certain que je remonterai à la surface et que je me laisserai porter par les flots, madame.

— Comme un petit bateau, dit-elle, soit il part à la dérive, soit il se laisse porter par le courant" ; une rose à la main, elle s'immobilisa soudain comme si elle pensait à autre chose : "Est-ce cela, votre vie, Nicholas ? Est-ce là ce que vous avez choisi, ou bien sont-ce les circonstances qui en ont décidé ainsi ?"

Elle avait de nouveau posé sur lui son regard troublant, simple, clair et pénétrant, et il ne faisait aucun doute qu'elle attendait une réponse.

"Que voulez-vous dire, madame ?

— Refaire surface et se laisser porter par les flots, faire ce que l'on veut tout en demeurant hors d'atteinte..." Elle eut un froncement de sourcils, oubliant la fleur qu'elle tenait à la main : "Mais peut-être est-ce nécessaire que des gens vivent ainsi, réfléchit-elle. On oublie, on se laisse prendre par le train-train quotidien, on s'attache au moindre détail de sa petite vie, on s'occupe, on se distrait et on oublie..."

Sur le manteau de la cheminée la pendule à balancier tinta tandis qu'au loin des oiseaux gazouillaient dans le calme matinal : il attendait que Robert vînt le délivrer. "Qu'est-ce qu'on oublie, madame ? demanda-t-il.

— On oublie qu'il y a aussi des gens qui ne sont pas tout le temps en train de *faire* quelque chose – des gens qui regardent, qui écoutent, qui observent ;

des gens qui plus tard se souviendront. Il faut aussi qu'il y ait des témoins..." Le front plissé, elle paraissait avoir oublié sa présence ; le miroir décoratif sur le mur d'en face lui renvoya leurs deux silhouettes : celle d'une femme entre deux âges petite et rondelette, avec ses cheveux gris en bataille et sa robe d'été à fleurs, et la sienne, avec sa veste de couleur, la tête tournée vers son hôtesse, un léger sourire aux lèvres, soucieux de produire la bonne réponse, la bonne réaction une fois qu'il aurait compris quelle réponse, quelle réaction son interlocutrice attendait de lui. Il s'aperçut soudain, cependant, que tout espoir était vain : il était condamné à essayer indéfiniment sans jamais réussir, à chercher éternellement la formule magique sans jamais la trouver. Un sentiment de panique l'envahit dans cette pièce joyeuse et ensoleillée.

"Nicholas ! cria Robert depuis le vestibule, Nicholas, où es-tu ?"

Cet appel résonna comme une libération : il avait hâte de fuir le plus loin possible de cette pièce agréable et de Mme Chalmers.

"Allez-y, dit-elle. Nous avons une réunion de l'Association des mères de famille cet après-midi – ce matin nous devons encore arranger les fleurs et Mme Williams nous fera un gâteau pour le thé. Ce qui signifie un déjeuner froid, ennuyeux..." Elle se pencha vers lui, par-dessus les fleurs dont elle avait recommencé à s'occuper, et lui fit comprendre d'un signe de tête qu'il pouvait partir : "Gerda arrive après-demain, ajouta-t-elle. Je suis certaine qu'elle vous plaira – c'est une jeune fille si intelligente, si équilibrée – exactement ce dont nous avons besoin dans cette maison. Amusez-vous bien, Nicholas."

Il était libre : soulagé, il traversa le couloir en hâte ; devant la maison, Robert avait déjà commencé à klaxonner.

Il faisait de plus en plus chaud, le ciel était gris et l'horizon voilé. La Morris avançait avec peine sur les routes de campagne ; Robert et lui étaient assis à l'avant et Prudence, sur la banquette arrière, tressautait au gré des cahots de la route, poussait des cris, leur coupait la parole puis, redevenant sérieuse, se penchait en avant pour écouter en silence leur conversation. Ils longèrent des haies recouvertes d'une poussière blanche et poudreuse, empruntèrent des rues bordées d'arbres et traversèrent des villages riches en maisons à colombages et à encorbellements : ils firent une pause pour le thé, s'arrêtèrent en chemin pour déguster une bière et des sandwiches à l'ombre des châtaigniers à la terrasse d'un pub, admirèrent les manoirs nichés au fond des parcs et visitèrent des églises médiévales dans lesquelles, même par cette chaleur étouffante, il faisait toujours frais. Ils déambulèrent dans les travées plongées dans la pénombre, arpentèrent le transept, les bas-côtés et la chapelle de la Vierge. Il s'immobilisa devant l'autel, entendit les pas de ses compagnons qui résonnaient sur le dallage mais il ne les voyait pas derrière les piliers et les voûtes ; il regarda l'aigle de cuivre qui portait la Bible sur ses ailes déployées, la clôture du chœur avec ses cierges et sa croix, les étendards, tous ces objets anciens altérés par le temps qui lui étaient étrangers.

Ses pas résonnaient eux aussi dans ce grand silence et Prudence, qui s'était agenouillée pour déchiffrer une inscription sur une dalle funéraire, leva les yeux vers lui. “Viens, dit-elle comme si elle l’attendait, viens voir” ; le prenant par la main, elle le conduisit vers une nef collatérale et s’arrêta devant une fenêtre. “C’est beau, n’est-ce pas ? Ce petit bloc, c’est tout ce qui reste des vitraux qui ont été détruits à l’époque de la Réforme.”

Elle effleura du doigt le petit fragment de verre coloré rescapé serti dans le plomb du nouveau vitrail, un lis brun et or intégré dans le verre.

“Est-ce qu’il fait partie des armoiries d’une famille ? demanda-t-il.

— Je ne sais pas ; peut-être n’est-ce qu’un symbole. En fait, ça n’a pas d’importance. Qu’il ait survécu jusqu’à aujourd’hui malgré tout, c’est cela qui est important.”

Ils contemplèrent ensemble le vitrail qui tamisait et colorait la lumière venue du dehors. Elle l’avait pris par la main et amené jusque-là pour lui montrer le petit morceau de vitrail : il sut alors qu’il était accepté, et qu’en lui prenant la main elle l’avait introduit dans le cercle magique. Robert les appela d’une voix forte qui résonna sous les voûtes.

Il faisait une telle chaleur que tout n’était que mollesse et lenteur, tous les mouvements avaient un temps de retard. Dans le jardin où ils se reposaient sur les chaises longues, ils attendaient que la bonne leur apporte de la citronnade ou bien, à l’heure du thé, un plateau lourdement chargé. Helen s’étira lentement et se redressa pour les servir ; son nécessaire à correspondance posé sur ses genoux glissa et des feuilles de papier et des enveloppes s’éparpillèrent dans l’herbe tout autour d’elle. “Merci”, dit-elle en souriant lorsque Nikolaas se pencha pour les lui ramasser, sans pour autant tendre la main pour l'aider.

"La pelouse a l'air mal en point, dit Robert.

— Bain dit qu'il va y avoir de l'orage, fit remarquer Prudence.

— Bonne nouvelle", dit Helen qui servait le thé.

Ils firent circuler les tasses et les assiettes de sandwiches et s'allongèrent de nouveau dans leurs chaises longues, trop las pour parler.

"Pauvre maman, qui se retrouve avec l'Association des mères de famille sur le dos, dit Helen d'un ton dégagé.

— Si le temps se rafraîchit un peu, nous pourrons peut-être aller à Norwich cette semaine, suggéra Robert qui feuilletait des guides.

— Attends que Gerda soit là. Elle voudra sûrement nous accompagner.

— Bain dit que les puits des environs sont presque tous à sec", dit Prudence qui, couchée sur le dos, mangeait du gâteau aux graines de carvi.

Ils se turent. Les arbres, les enveloppant de leur épaisse verdure, les enserrèrent dans la paix du jardin.

"Qui est Gerda ?" demanda-t-il le lendemain matin à Prudence qui, après le petit-déjeuner, était allée s'asseoir dans un arbre pour manger des pommes.

Elle continua à mâcher sans lever les yeux de son livre.

"Une Allemande ; ses parents sont de vieux amis de maman."

Elle s'était installée sur la fourche du pommier.

"Pourquoi ? demanda-t-elle.

— Vous avez mentionné son nom à plusieurs reprises.

— Elle arrive demain ; ses parents l'ont envoyée passer l'été en Angleterre, ils connaissent beaucoup de monde ici."

Elle mordit dans sa pomme ; visiblement, son livre l'intéressait davantage que leur conversation.

"Elle n'est pas désagréable. L'an dernier, j'ai habité chez eux, mes parents m'avaient autorisée à aller à Berlin pour les Jeux olympiques."

Il ressentit vaguement l'arrivée de cette étrangère comme une menace pour son propre statut dans la maison. "Quel âge a-t-elle ? demanda-t-il, essayant de gommer toute trace d'hostilité dans sa voix.

— Je ne sais pas, sans doute à peu près le même âge qu'Helen et Bob. À vrai dire, je n'ai pas souvent eu affaire à elle, je connais mieux ses cousins. Elle n'est pas nazie, s'empressa-t-elle d'ajouter, comme si elle sentait chez lui de la méfiance.

— Oh, ça, ça m'est bien égal.

— Tu ne t'intéresses pas à la politique ?

— Pas beaucoup.

— C'est une famille très politisée, ils sont tous contre Hitler. Ils ont une propriété quelque part en Prusse-Orientale et se sont totalement retirés de toute vie publique. C'est pour cela qu'ils l'ont envoyée en Angleterre."

Elle mordit une dernière fois dans sa pomme et la jeta dans la verdure environnante. Un cri retentit : le vieux jardinier surgit soudain de derrière les fourrés, indigné, mais en voyant Nikolaas il porta la main à son chapeau en signe d'excuse et disparut à nouveau.

"Maintenant, il pense que c'est moi, dit Nikolaas.

— Quelle importance ? Toi tu le sais, que ce n'est pas toi." Il fit demi-tour, s'apprêtant à s'éloigner.

“Bob ne va pas tarder, lui cria-t-elle. Il sera de retour pour le déjeuner.

— Ça ne fait rien, je vais écrire quelques lettres. J'aurais pu l'accompagner à Bury, si j'avais voulu.”

Elle referma son livre.

“Il n'avait vraiment pas besoin d'aller jusqu'à Bury ; maman voulait envoyer un mot à lady Fairfield et il a pris cela comme prétexte pour aller faire un tour au Hall. Patrick aurait très bien pu le lui porter avec son vélo. Maintenant, on va avoir les Fairfield sur le dos tout l'été.

— Qu'est-ce que tu leur reproches ?”

Elle réfléchit.

“Oh, ce n'est pas qu'ils soient bien méchants. Mais nous étions toujours si heureux de nous retrouver tous ensemble pendant les vacances, toute la famille se réunissait, et puis un beau jour, l'été dernier, cet horrible John a débarqué, on ne voyait plus jamais Helen, elle ne voulait plus rien faire avec nous. Ensuite, toujours l'été dernier, cette horrible Cecily a commencé à tourner autour de Bob, mais heureusement ils sont partis en Italie. C'était si agréable de passer Noël ici, à la maison, ensuite, pendant deux trimestres, j'attendais avec impatience qu'arrivent les vacances d'été mais maintenant il n'y a plus personne, je me retrouve toute seule.” Elle s'exprimait avec véhémence et son visage s'était assombri : “Je déteste tous ces gens qui viennent nous gâcher la vie.”

Tout ce qu'il pouvait faire était de tenter de tourner sa véhémence en dérision :

“Tu détestes beaucoup de monde, dit-il. Hier matin, c'était Franco.

— Lui aussi je le déteste, je déteste tous les fascistes. Hitler, Staline, Mussolini, je les déteste tous.”

Les lèvres pincées, elle fixa le sol puis se radoucit. "Tu penses que j'ai tort ? demanda-t-elle. Pourtant c'est difficile de ne pas les haïr, tu ne crois pas ? Que peut-on faire d'autre ?

— Je vais aller faire un peu de courrier, dit-il au bout d'un moment, mal à l'aise.

— Moi aussi, j'ai des tas de choses à faire." Un léger sifflement se fit entendre quelque part derrière les arbres. "C'est Patrick, il me cherche, dit-elle en sautant à terre. Tu vas pouvoir te débrouiller seul ? demanda-t-elle, prenant soudain conscience de ses obligations envers l'invité.

— Oui, ne t'inquiète pas", répondit-il – elle s'éloigna en courant et lui se dirigea vers le jardin clos où il passa toute la matinée à écrire des lettres pour l'Afrique du Sud et à sa tante Elizabeth, à Londres.

"Et comment vont les Fairfield ? demanda Mme Chalmers à Robert, au déjeuner.

— Bien. Ils défont leurs bagages. Lady Emmeline a dit qu'elle essaierait de te téléphoner aujourd'hui ou demain.

— Tu es allé au Hall ? demanda Helen. Tu as vu les filles ?

— Elles sont venues me saluer", dit-il.

De l'autre côté de la table, Prudence le fixait de son regard inquisiteur.

"C'est bien qu'elles soient de retour. De toute façon, je crois que nous n'aurons pas grand monde pour nous tenir compagnie, cet été.

— Il y aura Gerda, dit Prudence.

— Je ne crois vraiment pas qu'elle et moi devenions jamais les meilleures amies du monde.

— Et John, quand revient-il ? voulut savoir Mme Chalmers.

— John est à Peterborough.” Helen avait prononcé ces paroles d’un ton distrait, presque dédaigneux.

“À Peterborough ? Qu’est-il allé faire là-bas ?

— Je ne sais pas, maman. Pourquoi n’irait-il pas à Peterborough ?” Elle plia sa serviette. “Puis-je me lever ?” demanda-t-elle.

De l’autre côté de la table, Prudence regarda sa mère puis Robert d’un air inquisiteur, comme si elle attendait une réponse.

Il faisait trop chaud pour prendre la voiture, trop chaud pour marcher ou pour jouer au tennis. “La terre est dure comme de la pierre, dit Prudence qui s’était allongée dans l’herbe comme à son habitude. L’herbe est en train de mourir.

— On ne voit jamais ce bon à rien de Patrick, dit Helen. Je me demande ce qu’il fabrique, toute la journée.”

Prudence, couchée sur le ventre, examinait la surface verte et immobile de l’étang. Robert, assis non loin, tenait un livre à la main sans le lire ; il sourit à Nikolaas et se leva.

“Où vas-tu ? voulut immédiatement savoir Prudence.

— Marcher un peu.

— Je t’accompagne !

— Non”, dit-il d’un ton calme mais ferme ; il s’éloigna lentement et longea la rive. Prudence s’était redressée, jambes croisées.

“Robert devient aussi impossible que toi, dit-elle d’un ton de reproche à Helen, qui se contenta de rire. En fait, j'en arrive même à souhaiter que l'école reprenne bientôt.

— Je vais aller me chercher un livre, dit Nikolaas.

— La bibliothèque est un vrai chantier, dit Helen, mais en cherchant un peu, vous finirez bien par dénicher quelque chose."

La bibliothèque, à l'arrière de la maison, était déjà plongée dans la pénombre ; les fenêtres étaient mangées par le lierre et il ne remarqua pas tout de suite Chalmers qui triait des papiers, assis à son bureau. Comme il était sur le point de se retirer, non sans avoir murmuré un mot d'excuse, le vieil homme lui fit signe d'approcher d'un geste où perçait quelque impatience.

"Entrez, entrez donc, vous ne me dérangez pas du tout. J'essaie juste de retrouver une facture dont j'ai besoin."

Il n'avait vu jusque-là en son hôte qu'un personnage en smoking qui présidait à table et qui, le repas terminé, prenait le café au salon en leur compagnie, un monsieur absorbé dans ses pensées que sa femme et ses enfants prenaient plaisir à taquiner et qui disparaissait en bredouillant quelque excuse. Il ne le connaissait pas et ne savait pas comment réagir face à sa distraction et à son ton bourru.

"Eh bien, demanda Chalmers sans lever les yeux des documents dans lesquels il fouillait, vous vous plaisez chez nous ?

— Oui, merci monsieur.

— Fort bien. Le temps que nous avons depuis quelques jours est inhabituel, mais cela ne devrait pas durer bien longtemps. On annonce de l'orage. Il y a toujours quelque chose quand on habite la campagne – la sécheresse, les inondations, les orages qui mettent le feu aux meules de foin." Il regarda Nikolaas par-dessus ses lunettes en demi-lune : "Vos parents ont une ferme ?

— Non, chez nous tout le monde est soit juriste, soit professeur d'université. Mais il y a des viticulteurs dans la famille de ma mère.

— C'est sûrement un sacré défi d'exploiter une ferme en Afrique du Sud – la vie même, dans ce pays, doit être un défi, tout y est si gigantesque : l'espace, les éléments..." Ces paroles étonnèrent Nikolaas car c'était la première fois que Chalmers montrait qu'il savait qui était leur invité et d'où il venait : "Moi-même, je suis allé en Afrique du Sud pendant la guerre, je ne sais si quelqu'un vous l'a dit. Six mois seulement ; j'ai été blessé près de Ladysmith et on m'a renvoyé dans mes foyers – mais cela m'a suffi pour comprendre ce qu'est la guerre et me libérer de tous ces enthousiasmes stupides. Et grâce à ma blessure, j'ai échappé à la boucherie de la Grande Guerre. Mes deux frères sont morts sur le front de l'Ouest et aussi trois de mes cousins, de jeunes hommes qui avaient votre âge et l'âge de Robert."

Il demeura un moment silencieux, ses lunettes sur le bout du nez, les mains étalées sur le bureau. "Elle a été prise à Pietermaritzburg", dit-il en désignant le mur ; Nikolaas distingua, parmi les gravures et les portraits dans leurs cadres, la photo d'un petit groupe d'officiers britanniques dans un studio de photographe au centre de laquelle, non sans peine, il reconnut Chalmers. Il observa le visage étroit, le nez aquilin, l'expression de réserve et de vigilance non dépourvue d'une certaine sensibilité et reconnut dans ces traits quelque chose de Robert, d'Helen et de Prudence, une ressemblance qu'il n'avait pas remarquée jusqu'alors.

Chalmers froissa d'un geste impatient les papiers qu'il tenait à la main, les fourra dans un tiroir et se leva. Il marchait le dos voûté, toujours vêtu de sa sempiternelle veste de tweed usée et de son pantalon de golf et chaussé de pantoufles. Derrière le verre, l'officier jeune et mince, droit comme un *i*, qu'il avait été près de quarante ans auparavant contemplait le monde d'un regard songeur.

"Une sale histoire, dit-il soudain, une bien sale histoire. Et nous n'avons rien appris, absolument rien. À peine dix ans plus tard, tout a recommencé de plus belle, à une échelle plus grande encore, et maintenant nous fonçons tête baissée dans la même direction. L'Espagne, l'Abyssinie, la Chine – tout cela ne me dit rien qui vaille." Les verres de ses lunettes jetèrent des éclairs en direction de Nikolaas : "Vous devez me prendre pour un vieillard aigri, n'est-ce pas ? Chez vous, en Afrique du Sud, ces événements doivent vous sembler bien lointains et sans importance. En fin de compte, votre guerre à vous s'est bien terminée, malgré tout, du moins c'est ce qu'il me semble." Il marchait de long en large en traînant les pieds dans ses pantoufles, ouvrait l'un après l'autre les tiroirs de son bureau en parlant tout seul. "Enfin, peut-être votre guerre vous a-t-elle au moins servi à quelque chose et n'a-t-elle pas débouché sur un mal pire encore que celui que vous vouliez combattre. Qu'en pensez-vous ?"

Les yeux bleus le fixaient d'un air interrogateur.

"La guerre, seuls les plus âgés s'en souviennent, répondit Nikolaas. Je pense que pour la plupart des gens c'est de l'histoire ancienne.

— C'est une bonne chose que vous ayez réussi à oublier et à vivre sans être remplis d'amertume. C'était une guerre stupide – j'étais un jeune homme, un jeune écervelé, autrement je ne me serais jamais laissé entraîner dans cette histoire.

— Mon père disait toujours que la guerre était inutile.

— Toutes les guerres sont inutiles, dit Chalmers d'un air distrait en regardant tout autour de lui comme s'il cherchait quelque chose. Il suffirait d'un peu de jugeote et de bonne volonté pour mettre fin à toutes ces histoires. Mais ces qualités-là sont rares – nous autres Anglais agitions nos drapeaux et battions nos tambours, personne chez nous n'aurait écouté des discours. Quant à vous, tout ce que vous pouviez faire, c'était de vous dresser contre l'injustice, vous n'aviez guère le choix. Il arrive un moment où l'on ne peut faire autrement que de refuser l'intolérable, quelque désespérée que soit la tentative.

— Est-ce que le pays vous a plu ? demanda Nikolaas.

— Le pays ?" Absorbé par ses documents qu'il venait de retrouver dans un tiroir, il lui fallut quelques secondes pour retrouver ses esprits : "Oui, c'est un pays d'avenir, un pays où tout est encore possible – très impressionnant pour un jeune homme comme moi qui mettait pour la première fois le pied en dehors de l'Angleterre. Ici, tout est déjà arrivé, il y a des siècles. Plus rien n'est possible. Pour un jeune homme venant d'un pays neuf ce doit être parfois un peu oppressant d'être pris ici comme dans une nasse.

— Je trouve que l'Angleterre est un très beau pays.

— C'est vrai, c'est un beau pays." Il réagit avec enthousiasme à la remarque de Nikolaas. "La tradition, l'ordre, l'harmonie – ces choses-là aussi ont leur prix, elles ont même de plus en plus de prix dans ce monde qui tourne à l'envers. Pas plus tard que ce matin, j'ai lu dans le journal un article sur l'Espagne – des villes écrasées sous les bombes, des civils innocents tués... Nous ici, en Angleterre, nous n'avons pas connu la guerre depuis des siècles, la vie est une succession ininterrompue d'événements qui s'empilent couche après couche comme les feuilles mortes dans les forêts et les taillis. C'est un privilège que d'avoir connu cela, et nous devons en être reconnaissants jour après jour, tant que cela durera. Car cela ne durera pas éternellement." Il secoua la tête avec une détermination soudaine : "Non, répéta-t-il pour lui-même, cela ne durera pas éternellement."

La certitude avec laquelle il avait prononcé ces paroles lui parut excessive et rendait toute discussion impossible : la conversation était arrivée à son terme. Il examina la lettre qu'il tenait à la main en fronçant les sourcils puis quitta la pièce en traînant les pieds, sans plus prêter attention à Nikolaas.

Dehors, la lumière du jour était pâle et terne : Oui, songea-t-il, il va y avoir de l'orage ; il était impatient d'entendre les premiers roulements de tonnerre qui briseraient un peu la chaleur étouffante. Il retourna vers le portrait de groupe et regarda ce jeune visage étroit et plein d'attente derrière le verre tandis que le vieil homme en pantoufles déambulait dans le couloir. On n'est à l'abri nulle part, songea-t-il en lui-même ; rien n'est éternel.

Le jour s'assombrit, le ciel se fit menaçant ; les cimes des arbres oscillaient légèrement sous l'effet du vent. Au salon, après le dîner, tout le monde était nerveux, sauf Chalmers, qui s'était installé dans son fauteuil préféré sous la lampe avec un cigare et un livre.

"Vous êtes vraiment impossibles, ce soir, dit Mme Chalmers d'un ton de reproche depuis la table basse derrière laquelle elle était assise. Prudence, si tu nous jouais quelque chose au piano ?

— Oh, maman ! protesta Prudence qui avait pris place sur le tabouret de piano, ses longues jambes visibles en transparence sous sa robe d'été en organdi. Comme si cela ne suffisait pas que tu m'obliges à m'exercer tous les jours ! Voilà maintenant qu'en plus, je dois jouer en public !

— Pour ma part, les exercices quotidiens de Prudence me suffisent largement", dit Helen en levant le nez de son ouvrage.

Sa mère, la cafetière à la main, éclata de rire.

"Nicholas, demanda-t-elle, cela vous ennuierait-il beaucoup si nous mettions quelques disques ? Je crains que nous n'ayons rien d'autre à vous proposer ce soir. J'espère que vous aimez aussi la musique classique."

Prudence plaça un disque sur le vieux gramophone qui trônait dans un coin de la pièce.

"Mozart, annonça sa mère en se retournant vers son métier à broder. La musique de Mozart, même les morceaux les plus entraînants, est toujours si apaisante !"

Plus personne ne parlait, chacun, retiré dans son for intérieur, avait l'esprit ailleurs : Robert était penché sur un livre mais il n'en tournait pas les pages et

Prudence, assise sur le large rebord de la fenêtre, contemplait le jardin qui disparaissait peu à peu dans la pénombre. La menace de l'orage se précisait ; le vent bruissait dans les feuilles, les touffes de lierre battaient contre la fenêtre, puis le calme revint. Nikolaas se renversa dans sa chaise et ferma les yeux pour écouter la mélancolie retenue, la joie cérémonieuse de la musique ; ce ne fut que lorsque la bonne vint débarrasser les tasses à café qu'il se réveilla en sursaut et s'aperçut que Robert avait quitté la pièce sans qu'il l'entende.

Chalmers feuilletait un livre, la lumière de la lampe faisait scintiller les aiguilles à broder des femmes ; à l'exception de ces petits mouvements paisibles, l'on n'entendait d'autre bruit dans la pièce immobile que cette musique sérieuse, triste et mélancolique. Troublé, Nikolaas se redressa mais comme personne ne le regardait, il se leva et sortit à son tour.

Des éclairs voilés zébraient le ciel au-dessus des arbres tout autour du jardin. Il s'avança au bord de la terrasse, laissant le vent ébouriffer ses cheveux, et tenta de sonder l'obscurité croissante.

"L'orage approche, dit la voix de Robert à côté de lui, dans le noir.

— C'est justement ce que je me disais.

— Plus qu'une heure ou deux et tout sera fini, nous pourrons à nouveau respirer." Il vint s'asseoir sur la balustrade basse de la terrasse, tout près de Nikolaas. "Tu n'as pas eu une journée très agréable, aujourd'hui – nous t'avons un peu négligé. Moi, en tout cas.

— J'ai fait un peu de correspondance. Ne vous faites pas tant de souci pour moi, je vais très bien.

— Vraiment ?” Il avait posé la question comme si la réponse lui importait réellement. “Avec toi, on n’est jamais sûr de rien. Tu es tellement bizarre, on ne sait jamais ce que tu penses, ce que tu ressens.

— Peut-être que je ne pense rien et que je ne ressens rien”, répondit Nikolaas d’un ton léger.

Il entendit Robert rire dans le noir.

“Oui, peut-être bien. Je n’avais jamais vu la chose sous cet angle.”

L’éclair déchira le ciel et illumina un instant la maison, le jardin et la terrasse où ils se trouvaient, vêtus de leurs smokings. Le bruit du vent dans les arbres couvrait le son lointain de la musique en provenance du salon.

“Tu es tendu, toi aussi ? Ou bien es-tu le seul ici à être indifférent à la tempête ?

— Je me sens un peu nerveux ce soir, moi aussi.

— Tu sais, Nick, que tu as une maîtrise de toi extraordinaire ? Y a-t-il quoi que ce soit qui t’émeuve, mis à part tes études ?”

C’était la première fois que Robert utilisait ce diminutif intime et il lui fallut quelques secondes pour assimiler ce fait et tout ce qu’il impliquait – la proximité, l’acceptation, l’amitié.

“Non, avoua-t-il enfin, je ne crois pas” ; dans l’obscurité, Robert ne vit pas le sourire avec lequel il avait prononcé ces mots.

“Je parierais que tu as apporté tes bouquins pour travailler encore un peu pendant ces vacances. Tu vas me faire passer pour encore plus léger et irresponsable que je ne le suis déjà aux yeux de mes parents.”

Une pluie d’orage traversa le ciel au-dessus de la maison et les arbres se balancèrent de plus en plus fortement. Robert se leva d'un bond et se mit à faire les cent pas sur la terrasse.

"Je suis allé au Hall ce matin, dit-il, et ensuite à Bury. J'ai pris les routes de l'intérieur et je n'ai vu personne – rien que des clôtures, des champs et des arbres. Tout d'abord ce vieux manoir – je te le montrerai –, puis le trajet en voiture : un nouveau spectacle à chaque virage, une découverte après l'autre et tout au bout la petite ville avec son marché, son abbaye et son hôtel vieillot..." Il s'interrompit brusquement. "Je ne sais comment te décrire tout cela. Est-ce qu'il t'arrive aussi d'avoir de ces moments de – comment dire ? –, d'extrême intensité ?

— Que veux-tu dire ? demanda Nikolaas.

— Des moments où la vie, pour un instant, devient un poème, ou un morceau de musique, une unité totale, et réunit toutes les sensations, où tout est si concentré, si parfait que tu en as le souffle coupé. Comment dire ? – le bonheur, l'espoir, le courage, l'audace, l'amour, la tristesse, le désir, tout cela à la fois. C'est la campagne qui éveille en moi ce sentiment, la maison avec ses fenêtres illuminées dans le noir tandis que les corbeaux croassent dans les arbres, les forêts en automne, lorsque tout est froid, calme et brumeux et que l'on entend entre les arbres les détonations des chasseurs qui tirent le faisan..."

Il poursuivit dans la pénombre environnante avec cette ferveur juvénile et désarmante qui s'emparait de lui en de rares occasions et le mettait ensuite toujours un peu mal à l'aise, comme s'il lui semblait qu'il dût s'en excuser. L'une des rares fois où Nikolaas l'avait entendu s'exprimer de la sorte, c'était un soir, tard, dans une chambre à Oxford où, avec quelques autres étudiants, ils confrontaient leurs idéaux en petit comité.

“Je ne me souviens pas de la guerre, poursuivit-il : j'étais trop petit – je me souviens juste des drapeaux, le jour de l'armistice, et de choses de ce genre. Mais dans des moments tels que ceux-là, même moi qui suis un pacifiste convaincu, je comprends qu'il y a des notions, des principes pour lesquels des gens sont prêts à donner leur vie, au propre comme au figuré. Je comprends qu'ils aient voulu aller dans les tranchées, que cette absurdité ait pu avoir un sens pour eux et qu'ils l'aient supportée pendant toutes ces années.”

Le vent redoubla de violence : dans la maison une porte claqua, la voix de Mme Chalmers retentit mais Robert continua de parler sans y prêter attention.

“Sais-tu que parfois je suis jaloux de gens comme toi ou comme Gerda ? Vous venez de l'extérieur, vous pénétrez dans cet univers que vous découvrez pour la première fois, chaque instant est porteur de merveilles nouvelles. Pourtant, cet univers, je suis content d'y être né, content qu'il fasse partie de moi et moi de lui, que quelque chose m'ait été transmis de génération en génération, quelque chose que je possède en propre.” Le grondement du vent dans les arbres couvrait ses paroles ; il attendit que la tempête se calme mais lorsque le silence fut revenu, il eut un petit rire d'excuse : “C'était une drôle de journée, un peu comme dans un rêve. J'ai passé trop de temps à ruminer dans mon coin.”

“Bob ! appela Prudence depuis le couloir. Bob !”

Bob ne répondit pas. Il vit sa silhouette se découper dans l'embrasure de la porte tandis qu'elle clignait des yeux pour s'habituer à l'obscurité.

“Ah ! Vous êtes là ! Maman commençait à s’inquiéter. Vous rentrez ?”

Ils lui emboîtèrent le pas en silence ; derrière eux une violente rafale s’engouffra en tourbillonnant à l’intérieur des pièces et des couloirs. Toute la maison résonnait du bruit des fenêtres et des portes qui claquaient, la lumière électrique tremblota pendant quelques secondes, un paravent se renversa, des revues et des journaux furent projetés en l’air. Ils entendirent les femmes crier dans le salon et les domestiques qui couraient dans les escaliers pour fermer les fenêtres des chambres. Puis l’orage éclata.

Réunis au milieu du salon, ils écoutèrent le grondement de la pluie qui s’abattait au-dessus d’eux.

“Dieu sait que nous avons besoin de pluie, fit observer Chalmers qui avait encore le doigt entre les pages du livre qu’il était en train de lire, mais là, les semis vont faire grise mine.

— Et moi qui aujourd’hui voulais justement cueillir quelques fleurs pour la chambre de Gerda ! renchérit sa femme. Demain, il ne restera plus rien.

— Oh, du moment que les cheminées tiennent le coup, intervint Robert.

— Heureusement que nous avons fait vérifier le toit l’année dernière, dit son père. Les cheminées ne risquent rien mais nous perdrons sans doute quelques tuiles.

— La maison est comme une arche, dit Prudence. Comme l’arche de Noé, elle a résisté aux tempêtes, à toutes les tempêtes qui ont eu lieu depuis le début du siècle.” Elle devint toute pâle et se tut brusquement ; ses yeux scintillaient tandis qu’elle écoutait le vacarme de la pluie.

"C'est exactement cela, acquiesça Chalmers en souriant, une arche attaquée à coups de pioche de l'intérieur comme de l'extérieur. Je crois que ce soir nous pouvons tous aller nous coucher tranquillement.

— C'est horrible, protesta Helen. Je ne vais pas fermer l'œil de la nuit.

— Oui, approuva sa mère en ajustant son châle, je crois aussi que c'est une bonne idée que d'aller tous nous coucher. Viens, Prue, tu devrais être au lit depuis longtemps. Je vais demander à Belling de te faire chauffer un peu de lait, tu dormiras mieux."

Elle prit Prudence par le bras et tous la suivirent : après s'être souhaité bonne nuit, chacun se dirigea vers sa chambre ; dans le salon, le vestibule et les couloirs, les lampes restèrent allumées jusqu'à ce que les domestiques viennent les éteindre. Toute la nuit l'on entendit la vieille maison geindre, vibrer et craquer, tel un navire livré à la violence obscure des ténèbres.

"La tempête s'est abattue sur tout le sud de l'Angleterre, annonça Prudence derrière son journal. Le concert de musique militaire prévu pour les fêtes du couronnement à Aldershot est annulé.

— Donne-moi ce journal, Prue, dit Robert. Tu mets de la confiture partout.

— Est-ce que le roi et la reine étaient là ? demanda Mme Chalmers.

— Un peu de patience. Je veux juste voir les nouvelles du jour.

— Dites-moi, Nicholas, vous avez bien dormi, au moins ?

— Très bien, madame, merci.

— Il est vrai que vous devez avoir l'habitude des orages – ou bien est-ce que je confonds avec les tropiques ?

— Vous avez vu la déclaration de l'archevêque de Cantorbéry à propos du nouveau projet de loi sur le mariage ? demanda Prudence.

— Si seulement tu pouvais donner le journal à Robert, dit Helen. Lui, au moins, il lit en silence !

— Les enfants, intervint Mme Chalmers presque mécaniquement. Qui d'entre vous ira chercher Gerda à la gare ?

— Oh, dit Robert. J'avais complètement oublié Gerda. À quelle heure arrive-t-elle ?

— Par le train de midi.

— Nous ferons en sorte d'être de retour à midi. Papa a dit que nous pouvions prendre la Morris aujourd'hui – j'avais pensé que nous pourrions faire un petit tour avec la voiture.

— Je peux venir ? demanda Prudence aussitôt. Si je te donne ton journal tout de suite ?

— Je pourrais bien entendu passer la chercher à la gare en rentrant. Je vais aller au Hall ce matin, saluer les Fairfield.

— Dans ce cas, Robert voudra sûrement t'accompagner.

— Ne sois pas bête, Prudence. Nicholas, encore un peu de café ?"

La conversation, autour de la table du petit-déjeuner, partait dans tous les sens ; la pièce était baignée de lumière et le jardin, sous le soleil, était resplendissant.

"Tu viens, Helen ? demanda Mme Chalmers.

— John a dit qu'il viendrait me chercher pour aller à Bury, maman.

— Ah ! Je le croyais à Peterborough, dit Prudence d'un ton où perçait une certaine indignation.

— Il est rentré hier soir. Nous allons déjeuner avec sa tante – il part demain dans l'Ouest pour chercher une maison.

— Il n'a toujours rien trouvé ? s'enquit Robert.

— Pourquoi précisément dans l'Ouest ?" voulut savoir Prudence.

Helen but son café et regarda le paysage par la fenêtre. "C'est une belle région, dit-elle.

— Les Cotswolds, dit sa mère d'un air songeur, se rappelant tout à coup le sujet de leur discussion. Dis à John de ne pas te ramener trop tard, comme cela il pourra prendre le thé avec nous et Gerda aura l'occasion de faire sa connaissance.

— Pauvre Gerda ! dit Prudence.

— Robert, j'espère que vous serez rentrés pour le déjeuner. Sinon je vais me retrouver toute seule avec la petite et je ne sais pas ce qu'elle pensera de vos manières. En fait, Prudence, j'aimerais que tu sois là pour l'accueillir. Ils ont été extrêmement gentils avec toi lorsque tu es allée chez eux à Berlin. Qui plus est, je suis certaine que lady Fairfield sera contente de te voir.

— J'en doute.

— Moi aussi, intervint Robert, pourtant je trouve que c'est une bonne idée. Nick, j'ai vu que votre Premier ministre est à Londres. Ça t'intéresse ?" Nikolaas prit le journal qu'il lui tendait par-dessus la table.

Mme Chalmers ne revint pas sur la question de la présence de Prudence. "Il faut que je parle à Bain, dit-elle, afin de voir ce que nous pouvons sauver de tout ce désastre." Elle sourit à Nikolaas qui s'était levé pour lui ouvrir la porte et quitta la pièce, suivie d'Helen.

"Je peux venir avec vous, Bob ? demanda Prudence.

— Non. Nick, on se retrouve dans une demiheure ?

— Tu es méchant.

— Pour être honnête, je n'ai pas très envie de voir cette fameuse Gerda.

— Tu la connais à peine.

— Suffisamment. Une jeune dame allemande pleine de morgue, très sérieuse, très comme il faut…

— Moi je l'aime bien. Alors, Bob, je peux venir ?

— C'est hors de question. Nick, je t'attendrai devant la maison."

Il sortit, suivi de Prudence qui alternait menaces et supplications, et Nikolaas emporta le journal pour le lire au salon. Les portes-fenêtres étaient ouvertes ; le jardin était dans un état lamentable : massifs dévastés, branchages éparpillés sur la pelouse en plein soleil, feuilles encore collées aux fenêtres. Il songea qu'il n'avait aucune envie de voir apparaître cette étrangère au milieu d'eux et parcourut les gros titres du journal : l'Espagne et la Russie, le couple royal et Baldwin, les articles habituels sur des gens et des sujets qui ne l'intéressaient pas particulièrement. Il ouvrit le journal à la page des critiques littéraires.

Un coup frappé à la porte-fenêtre lui fit lever les yeux.

"Vous étiez tellement absorbé par votre lecture que j'ai hésité à vous déranger", dit la femme qui se tenait sur le seuil. Sa silhouette se détachait en ombre chinoise dans l'encadrement.

Il se leva d'un bond, quelque peu confus, et se demanda pendant quelques secondes s'il s'agissait de Gerda, mais lorsqu'elle entra dans la pièce il vit qu'il était en présence d'une femme d'une quarantaine d'années vêtue d'une robe de coton, chaussée de bottines à lacets et coiffée d'un chapeau de feutre cabossé. Sans doute l'une des membres de l'Association des mères de famille ou une femme du village, songea-t-il.

"Vous êtes l'ami d'Oxford de Bob, déclara-t-elle. Je sais déjà tout de vous – comment faire autrement, dans un si petit village ? Quant à moi, soit dit en passant, je suis mademoiselle Mackintosh, j'habite juste derrière l'église, la maison avec les roses – enfin, il y avait des roses jusqu'à la tempête d'hier soir." Elle parlait avec assurance et n'attendait manifestement pas de réponse de sa part, aussi resta-t-il immobile, le journal à la main. "Eh bien, demanda-t-elle, vous vous plaisez en Angleterre ?

— Oui, beaucoup.

— Et à supposer que ce ne soit pas le cas, vous n'auriez sans doute pas le toupet de me le dire, n'est-ce pas ?" Elle avait dans la voix un ton de reproche mais une étincelle furtive éclaira la sévérité de son regard : "C'était une question idiote. Vous venez bien d'Afrique du Sud, n'est-ce pas ?

— Oui, du Cap.

— J'ai envoyé de l'argent là-bas pendant des années, à une mission dans un endroit avec un nom impossible, mais j'ai arrêté. On ne peut pas soutenir toutes les bonnes œuvres en ce monde. Mais trêve de bavardages. Savez-vous où est Alice ?

— Alice ?

— Mme Chalmers, dit-elle avec impatience.

— Elle est sortie, elle est dans le jardin.

— Parfait, vous allez m'aider à la trouver." Elle se dirigea vers la porte-fenêtre sans prendre la peine de regarder s'il la suivait. "Elle doit être en train d'évaluer les dégâts. Ce matin, j'ai simplement fermé les yeux – si j'avais vu l'état dans lequel est mon jardin, j'aurais sans doute été incapable d'entreprendre quoi que ce soit de la journée. Mais peut-être faites-vous partie de ces gens qui ne s'intéressent pas au jardinage ?"

Il ne savait quelle attitude adopter face à cette étrange visiteuse aux allures de femme de ménage qui s'exprimait avec un tel aplomb, ni sur quel ton lui parler. Ce fut avec soulagement qu'il aperçut au loin Mme Chalmers, au milieu des parterres de fleurs.

Mlle Mackintosh l'avait vue elle aussi.

"Alice !" s'exclama-t-elle soudain ; Mme Chalmers, qui tenait à la main quelques fleurs que la tempête avait épargnées, vint à sa rencontre en souriant.

"Edwina ! La personne idéale pour pleurer avec moi !

— L'heure n'est pas aux lamentations, protesta la visiteuse – je devrais déjà être repartie. Je passais juste pour que nous parlions un peu de la vente de charité de la paroisse."

Voyant qu'elles l'avaient oublié, Nikolaas s'enfuit sans demander son reste et courut jusqu'à la voiture garée devant la maison ; Robert était au volant et Prudence sur la banquette arrière.

"Je viens de rencontrer une femme étrange", dit-il précipitamment avant que Robert ne lui coupe la parole – ce dernier se contenta de rire.

"Ah, cette brave Mlle Mackintosh – j'ai vu sa bicyclette. Nous la connaissons depuis des années, mais pour qui la voit pour la première fois, elle doit faire l'effet d'un dragon crachant du feu.

— Elle est très impliquée dans les œuvres de la paroisse, intervint Prudence. Je l'aime bien.

— Elle organise la vie de tout le village, reprit Robert, y compris celle du pasteur et de son épouse, elle va au culte matin et soir chaque jour que Dieu fait, dans cette église vide, été comme hiver… Mais à quoi bon parler de Mlle Mackintosh ? Où allons-nous aujourd'hui ?

— À Mildenhall ! cria Prudence. S'il te plaît, Bob, nous pourrions montrer à Nicholas les anges sculptés sur les poutres. Et nous passerons par Thurlow – j'aime bien Thurlow."

Autour d'eux, en ce matin radieux, tout témoignait des dégâts causés par la tempête, les semis tout aplatis et les arbres déracinés qui gisaient dans les champs ; la chaleur, cependant, était moins étouffante que la veille et la nature commençait à revivre. Robert et Prudence se taquinaient gaiement l'un l'autre, associant Nikolaas à leurs plaisanteries, de sorte qu'il riait et se chamaillait avec eux. Dans l'un des vieux villages et des bourgs assoupis qu'ils traversèrent, ils visitèrent une église dont les poutres étaient ornées d'anges aux visages figés, aux yeux écarquillés et aux ailes déployées, puis ils déambulèrent dans le cimetière attenant où ils déchiffrèrent les inscriptions sur les tombes et s'arrêtèrent pour admirer les vitrines des magasins de la rue principale.

Arrivé à la voiture, Robert regarda sa montre.

"Je n'ai pas très envie de rentrer à la maison, dit-il. Si nous allions déjeuner dans un pub ? Qu'en dis-tu, Nick ?

— Est-ce que ta mère ne nous attend pas pour le déjeuner ?

— Tu as promis à maman que nous serions de retour pour le déjeuner, dit Prudence. Et puis Gerda est là, tu le sais.

— Justement. Je ne suis pas d'humeur à supporter Gerda et ses yeux gris qui ont toujours l'air de vous faire des reproches. Nous pourrons toujours dire que nous avons eu un ennui avec la voiture – ce ne serait pas la première fois.

— Mais ce serait mentir ! Or tu sais très bien que maman te croira.

— Nick, tu as envie de rentrer maintenant ?

— Pas vraiment.

— Désolé, petite sœur, tu es en minorité, dit Robert en mettant le moteur en marche.

— Bob, ce n'est pas bien, tu sais que ce n'est pas bien !"

Indignée, Prudence se mit à marteler le dossier du siège devant elle mais il se contenta de rire. Elle se renversa sur son siège dans un coin de la voiture et n'ouvrit plus la bouche, pas même lorsque Robert tentait de la dérider, et quand, parvenus à la hauteur d'un pub de campagne, ils descendirent de voiture, elle ne bougea pas.

"Tu ne viens pas ? demanda Nikolaas.

— Non, dit-elle sèchement. C'est mal et je ne veux rien avoir à voir avec ça."

Il suivit Robert qui était déjà à l'intérieur.

"Elle est vraiment fâchée, dit-il.

— Je sais. Maman dit que c'est un âge ingrat mais je ne me souviens pas qu'Helen ait jamais été comme cela. Je crois simplement qu'elle a un caractère difficile, un point c'est tout ; sans compter qu'elle traverse une phase mystique, ce qui n'arrange rien.

Regarde-la, ajouta-t-il en riant, assise dans la voiture, un reproche vivant."

Ils commandèrent de quoi manger mais tout le temps qu'ils passèrent assis devant la fenêtre ouverte, ils ne purent s'empêcher de penser à Prudence, raide comme la justice, absorbée dans ses pensées, le visage sévère et l'œil réprobateur ; bien qu'ils bavardassent tout en déjeunant, ils n'en étaient pas moins quelque peu mal à l'aise.

"Bon, la petite a sans doute raison, dit enfin Robert. Le plus souvent, malheureusement, ce sont les gens qui sont à cheval sur des principes aussi rigides qui ont raison. Ce n'est pas bien de laisser maman se débrouiller toute seule avec Gerda, et ce n'est pas bien non plus de ne pas être à la maison pour accueillir Gerda. Mais il se trouve qu'aujourd'hui je suis d'humeur irresponsable."

Ils demandèrent l'addition et retournèrent à la voiture. "Bien, petite sœur, dit Robert, rentrons" ; elle ne répondit rien mais il eut l'impression qu'elle acceptait ces paroles comme des excuses et qu'elle leur pardonnait. Le trajet se fit néanmoins dans le plus profond silence et le retour, après l'humeur joyeuse de la matinée, prit des allures de retraite forcée, comme si, renonçant à leur insouciance, ils reprenaient le chemin du sérieux et du devoir.

Nikolaas regagna sa chambre pour se rafraîchir et se changer ; peu désireux de rencontrer cette étrangère qui venait s'immiscer entre eux, il fit traîner les choses le plus longtemps possible. Toutefois, l'heure du thé approchant, il ne put retarder davantage l'échéance et se mit à la recherche des autres habitants de la maison.

Il trouva tout le monde au salon.

"Nicholas, dit Mme Chalmers en guise d'accueil, vous arrivez juste à temps – Prudence était sur le point d'aller vous chercher. Gerda commençait à se demander si vous existiez vraiment !" Elle tendit le bras en direction de la jeune femme assise près d'elle sur le petit canapé, les coudes sur les genoux, et fit les présentations : "Cet après-midi, Nicholas, c'est vous qui jouerez les maîtres de maison, Robert a dû partir de toute urgence au Hall pour régler je ne sais quel détail avec les filles à propos du tournoi de tennis. J'ai déjà prévenu Gerda qu'elle ne le verrait sans doute pas beaucoup cet été."

Gerda eut un petit rire puis, avant que la conversation eût le temps de prendre un tour plus général, la bonne apporta le thé et Prudence aida sa mère à disposer le tout selon les règles. Nikolaas prit place sur l'unique chaise libre près de la table basse et Gerda se tourna légèrement vers lui.

"J'ai entendu dire que vous aviez fait un tour en voiture, ce matin, dit-elle ; où êtes-vous allés ?

— Dans la campagne environnante, à Mildenhall, je crois, si je me souviens bien.

— Ah oui, c'est là que se trouve cette église avec des anges sur les poutres !" Elle hocha la tête comme pour approuver le but de l'excursion. "C'est vraiment intéressant, vous ne trouvez pas ?"

Le ton quelque peu pédant de la jeune femme l'irrita et il réprima le désir, qu'il sentait soudain monter en lui, de la contredire et de déclarer qu'il trouvait pour sa part cette église tout sauf intéressante.

"C'est la première fois que je vois quelque chose de tel, dit-il. Je veux parler des poutres.

— Vraiment ?" La voix de la visiteuse trahit un léger étonnement. "C'est assez courant dans les églises, en Angleterre.

— Gerda, demanda Mme Chalmers, du citron ou du lait ?"

Alors qu'elles étaient en train de verser le thé et de faire circuler les tasses, l'arrivée d'Helen et John les obligea à recommencer tout le processus depuis le début. Helen salua Gerda, lui demanda si elle avait fait bon voyage et se laissa tomber sur une chaise tandis que John, posté devant la cheminée, parlait un peu trop fort et un peu trop vite des dégâts causés par la tempête et du séjour de Gerda dans l'Oxfordshire. Mme Chalmers s'occupait des tasses à thé ; Helen ne prenait pas part à la conversation.

"L'Oxfordshire est une belle région, dit John. Le Gloucestershire aussi, d'ailleurs ; en fait, je préfère le Gloucestershire. Demain, justement, je pars pour les Cotswolds, visiter quelques propriétés." Il jeta un regard à Helen, laquelle ne réagit pas, et poursuivit, légèrement mal à l'aise : "Je vous reverrai certainement à mon retour. Quoi qu'il en soit, j'espère que vous passerez un agréable séjour parmi nous." Il chercha un endroit où poser sa tasse au milieu des bibelots qui ornaient le manteau de la cheminée : "Un pays intéressant, l'Allemagne. Personnellement, je n'y suis jamais allé, mais je crois que ce M. Hitler fait des miracles."

Le silence s'éternisait : un léger choc, dont John lui-même s'aperçut, suivit ses paroles, et il demeura un instant interdit. Mme Chalmers sembla sur le point de dire quelque chose, mais ce fut Gerda qui prit la parole la première.

“Ce n’est pas mon avis, dit-elle d’une voix calme mais déterminée.

— Vraiment, John, dit Helen en se levant et en rassemblant son chapeau, son sac à main et son écharpe, tu dis parfois les choses les plus extravagantes. Appelle-moi quand tu seras rentré, ajouta-t-elle en se retournant vers lui. Je monte dans ma chambre.”

John était devenu tout rouge sous l’effet du reproche à peine voilé de Gerda ; hébété, il suivit Helen du regard mais elle avait disparu avant qu’il eût le temps d’ouvrir la bouche, avant même que Nikolaas pût se lever pour lui ouvrir la porte.

“La pauvre enfant doit être fatiguée, dit Mme Chalmers. Elle a mal dormi à cause de la tempête. Ne vous inquiétez pas, John, à votre retour elle sera sans doute de meilleure humeur. Voulez-vous une autre tasse de thé ?”

John, penaud, déclina l’offre et prit congé en dépit des tentatives de Mme Chalmers pour le retenir.

“John a vraiment un manque de tact incroyable, fit observer Prudence.

— Il voulait juste être aimable et me mettre à l’aise, dit Gerda en se levant pour déposer sa tasse sur la table basse.” Elle se posta quelques secondes devant la fenêtre et concentra toute son attention sur le jardin où les traces des destructions de la nuit précédente étaient encore visibles dans la douce lumière du soleil déclinant. “En fait, c’est ce que l’on pense à l’étranger, et même ce que croient la plupart des Allemands – que ces gens sont en train d’accomplir des miracles pour l’Allemagne.”

Il la regarda ; il posa pour la première fois les yeux sur cette jeune femme grande, solidement bâtie, vêtue d'une robe d'été hors de prix mais légèrement passée de mode, au profil régulier et aux cheveux blond doré relevés en chignon, qui paraissait à son aise dans ce cercle familial auquel lui-même se sentait encore parfois tellement étranger. Personne n'ayant réagi à ses propos, elle demeura immobile.

"Viens, dit Prudence, allons faire un tour au jardin" ; elles sortirent toutes les deux et laissèrent Nikolaas avec Mme Chalmers, à son grand soulagement.

Ainsi qu'il l'avait craint, l'arrivée de Gerda modifia leur manière d'être ensemble : il venait à peine de faire connaissance avec la famille et de commencer à se sentir à l'aise en leur compagnie et maintenant elle était là, distante, rigide, très sûre d'elle-même en toutes circonstances, ne manifestant jamais le moindre signe d'hésitation ou de doute. Elle l'observa tranquillement quelques instants de ses yeux gris et inquisiteurs avant de prendre la parole, comme si elle cherchait le mot juste pour chaque pensée, chaque sentiment, et désirait à tout prix se garder de toute remarque irréfléchie. Il éprouvait une certaine gêne en sa présence car l'assurance inébranlable de la jeune fille accentuait encore son propre manque de confiance en soi, et il s'aperçut qu'il l'évitait autant que possible.

La famille l'accepta toutefois comme elle l'avait accepté lui, et seule Helen, bien qu'elle fût toujours aimable, maintenait elle aussi une certaine réserve envers la visiteuse. Chalmers lui raconta les voyages qu'il avait faits en Allemagne avant la guerre et le souvenir qu'il gardait de ses grands-parents ; Mme Chalmers, au mépris de toutes les lois de la grammaire, se lança dans des conversations fleuves pour pratiquer son allemand, Robert la défia au tennis et Prudence fut heureuse de trouver enfin quelqu'un qui partageât son engagement politique, de sorte que le calme bon enfant du petit-déjeuner, du salon et du jardin fut de plus en plus souvent perturbé par des discussions sur les événements qui agitaient l'Europe continentale. Quant à Nikolaas, elle lui posa quelques questions polies et réfléchit tout aussi poliment aux réponses qu'il lui faisait, mais elle ne montra aucun désir de prolonger leur conversation, comme si, après l'avoir jaugé de son regard froid et gris, elle voulait tout d'abord délibérer avant de formuler un jugement sur lui. "Combien de temps va-t-elle rester ?" demanda-t-il à Prudence. Il fut soulagé d'apprendre qu'elle ne serait là que dix jours à peine.

Le samedi soir, au coucher du soleil, alors qu'ils se changeaient pour dîner, les sonneurs de cloches de l'église commencèrent à s'exercer ; de l'autre côté des arbres, le carillon résonna dans le calme du soir et emplit le ciel, le jardin et la maison d'une allégresse confuse.

Comme à l'accoutumée, craignant toujours d'être en retard, il fut le premier à descendre et il déambula à travers les pièces désertes illuminées en attendant le reste de la maisonnée. Arrivé sur le seuil de la bibliothèque, il constata que Gerda l'avait précédé et regardait les livres ; les teintes claires de sa robe du soir tranchaient sur le bois sombre des étagères. Il voulut faire demi-tour et s'esquiver mais elle l'avait vu.

"Vous êtes d'une ponctualité exemplaire, dit-elle. Est-ce là l'une de vos vertus ?"

Bien qu'elle n'eût pas dit cela pour lui être désagréable, il ne put s'empêcher de soupçonner dans ses propos une certaine hostilité.

"Vous-même, rétorqua-t-il, vous êtes d'une exactitude encore plus militaire que la mienne.

— Je suis issue d'une famille prussienne, répondit-elle comme pour lui rappeler un fait dont il n'avait peut-être pas conscience, avant de se retourner vers les rayonnages. Étonnante, cette bibliothèque, n'est-ce pas ?

— Vous trouvez ?

— Macaulay, Jane Austen, Meredith, A. A. Milne – avec, çà et là, quelques ouvrages de droit et des livres sur les maladies des chevaux. C'est une bibliothèque très anglaise, très cosy, très accueillante. Je ne connais aucune autre littérature dans laquelle l'on se sente autant chez soi – et vous ?

— Je ne parle malheureusement aucune langue étrangère. Aucune langue vivante, je veux dire.

— Et l'anglais ? N'est-ce pas pour vous une langue étrangère ?

— Si, je suppose que oui.

— Mais peut-être vous considérez-vous comme anglais ?

— Je suis né en Afrique du Sud", dit-il – il ressentit une certaine satisfaction de pouvoir à son tour lui rappeler une évidence.

"C'est bien une colonie anglaise, n'est-ce pas ? Malheureusement, je ne sais pas grand-chose de l'Afrique du Sud – à vrai dire, l'Afrique tout entière est pour moi *terra incognita*, à l'exception de l'Abyssinie dont on parle beaucoup ces temps-ci.

— Nous ne sommes plus une colonie et à vrai dire nous ne sommes pas anglais non plus, même s'il est exact que nous sommes très anglicisés. Je ne crois pas que les différences soient considérables.

— Je vous aurais pris pour un Anglais – lorsque vous êtes entré dans le salon, hier après-midi, je n'ai pas pensé que vous étiez le visiteur venu d'Afrique." Le fait qu'elle fasse soudain une remarque si personnelle après avoir usé à son égard d'un ton aussi impersonnel ne laissa pas de l'étonner et le prit de court ; elle lui jeta un coup d'œil rapide, comme si elle s'était aperçue de l'embarras dans lequel il se trouvait. "J'espère que je ne vous ai pas vexé. Ce n'était ni un reproche, ni une accusation, mais une simple observation.

— Non, la rassura-t-il, je ne suis pas vexé" ; il la regarda à son tour, rayonnante dans son étincelante robe du soir, et la suivit des yeux tandis qu'elle tournait la tête d'un mouvement altier.

"Avez-vous visité d'autres pays depuis que vous êtes parti de chez vous ?

— Non, juste l'Angleterre.

— Et vous êtes ici depuis longtemps ?

— Depuis deux ans.

— Et pour combien de temps encore ?

— J'espère passer encore une année à Oxford – un travail que j'aimerais terminer avant de rentrer.

— Et quand vous serez de retour, où irez-vous ?

— Mon professeur, en Afrique du Sud, m'a promis un poste à l'université où j'ai fait mes études lorsque j'aurai terminé mon séjour ici. J'aimerais beaucoup y retourner.

— Ainsi donc, vous êtes un universitaire, dit-elle : passer d'une université à l'autre, une carrière toute tracée. Je me suis toujours imaginé que les gens, en Afrique, avaient l'esprit d'entreprise, que ce soit comme paysans, comme pionniers ou comme chasseurs de gros gibier, mais étrangement, jamais comme professeurs d'université.

— Il y en a pourtant quelques-uns.

— Et vous êtes content à l'idée de rentrer ? Ou bien aurez-vous du mal à quitter l'Angleterre ?"

Il réfléchit avant de répondre :

"C'était intéressant pour moi d'avoir l'occasion de vivre et de faire mes études ici, mais j'aimerais bien continuer ma carrière."

Tout en parlant il tendit l'oreille, guettant des bruits de pas dans l'escalier, une voix dans le couloir, un signe que quelqu'un d'autre descendait et le délivrerait de cet interrogatoire, mais il était encore trop tôt et il n'entendit rien si ce n'est, dans le lointain, le tintement harmonieux et joyeux des cloches.

"J'aime bien l'Angleterre, dit Gerda doucement. J'y ai beaucoup de bons amis, des gens que j'aime, mais au bout de quelques semaines je prends conscience du fait que je suis étrangère et qu'en dernière instance, ce n'est pas à ce pays que je suis attachée. C'est pourquoi je trouve toujours agréable de rencontrer d'autres étrangers, quelqu'un qui comprenne ce que je ressens – vous voyez ce que je veux dire ?"

Il n'aimait guère la manière dont elle tentait de le mettre de son côté d'une ligne plus ou moins invisible.

"Moi, je me sens tout à fait chez moi en Angleterre, dit-il, sur la défensive.

— Vous ne trouvez pas que c'est parfois un peu… oppressant ?

— Quoi donc ?"

Elle effleura d'un air distrait une image qui se trouvait devant elle sur la table basse. "Cette île et ses habitants ; ces horizons clos, cette neutralité, cette indépendance – ce caractère entier, intangible. Les gens ici vivent en totale autarcie, comme si le reste du monde n'existait pas.

— Qu'y a-t-il de mal à cela ?

— C'est beau à voir, à admirer de loin, mais tout de même…" Elle secoua lentement la tête d'un air désapprobateur.

"Pourquoi donc restez-vous en Angleterre si vous ressentez les choses ainsi ?

— Croyez-vous que ce soit très impoli et très ingrat de critiquer mes hôtes dans ce pays ?" demanda-t-elle froidement. Il comprit qu'il avait une fois de plus commis un impair. "Je pensais que vous pourriez peut-être comprendre, voire dans une certaine mesure partager mes réactions vis-à-vis de l'Angleterre. Si je me suis trompée, il ne me reste plus qu'à vous présenter mes excuses."

Ses paroles, toutefois, étaient davantage un reproche qu'autre chose ; la conversation, en ce qui la concernait, était bel et bien terminée. Il songea à trouver un prétexte quelconque pour quitter les lieux mais elle ne lui en laissa pas le temps :

"Les Chalmers sont différents, dit-elle. Ce que j'ai dit ne s'applique en rien à eux. Mais vous vous en êtes certainement rendu compte vous aussi, n'est-ce pas ? C'est cela que je trouve si merveilleux en Angleterre, le fait qu'il y ait tant d'exceptions à la règle.

— Ils ont été extrêmement gentils envers moi.

— Tenez, ceci par exemple, reprit-elle. Là, entre les raquettes de tennis, *Graphics* et les photos de taureaux reproducteurs."

Elle désigna sur la table devant elle une petite sculpture en marbre représentant une jeune fille endormie, la tête tournée de côté, au beau milieu du fatras qui encombrait le bureau. “Qu’est-ce que c’est ? demanda-t-il.

— Sainte Cécile.

— La patronne des musiciens, n’est-ce pas ? demanda-t-il, voyant qu’elle n’ajoutait rien.

— Entre autres, oui. Au son des instruments, Cécile, qui était vierge, chantait pour Dieu seul et disait : « Que mon cœur et mon corps restent purs, ô Seigneur, afin que je ne sois pas confondue. »”

Elle s’attendait visiblement à ce qu’il comprenne l’allusion.

“J’ai été élevé dans le protestantisme, expliqua-t-il, toujours sur la défensive.

— Moi aussi, mais dans une famille heureusement très large d’esprit. C’est une citation de l’antienne que l’on chante le jour de la Sainte-Cécile, une chrétienne qui, du temps des persécutions romaines, a été décapitée à cause de sa foi ; des siècles plus tard, quelqu’un a retrouvé son corps et a fait cette sculpture, les mains liées et les yeux bandés.

— C’est étrange d’avoir une image d’une telle cruauté dans son bureau.

— Mais non, mais non, protesta-t-elle, ce n’est pas Cécile qui était cruelle mais le monde dans lequel elle vivait.”

Ils contemplèrent la statuette posée au milieu des raquettes, des photos et des livres empilés n’importe comment ; Gerda, l’esprit déjà ailleurs, effleura du bout des doigts l’entaille faite par l’épée du bourreau sur la nuque de marbre.

“Qu’est-ce que vous regardez ?” demanda une voix derrière eux ; il se retourna et vit sur le seuil de la pièce Helen, resplendissante dans une robe bleue, un châle de soie posé négligemment sur les épaules. "De vieilles photos de l'exposition ?"

Elle les rejoignit.

"Nous parlions de l'histoire de l'Église, expliqua Gerda. Plus précisément de martyrologie.

— Drôle de sujet de conversation", répondit Helen avec indifférence ; bredouillant une excuse, Nikolaas prit congé des deux jeunes femmes en robes claires, penchées sur les photos éparpillées sur la table basse.

Le lendemain matin, ils assistèrent tous ensemble au culte dominical dans l'église perchée sur la colline au milieu des vieilles pierres tombales et des ifs. Sous le soleil, les villageois, les fleurs et le bourdonnement des abeilles rendaient l'endroit agréable. Ils confessèrent leurs péchés, reçurent l'absolution, chantèrent avec ferveur et écoutèrent un sermon apaisant ; puis, lorsque tout fut terminé, un déchaînement d'orgue les poussa vers la sortie où la lumière du soleil les aveugla. La famille Chalmers fut aussitôt happée par une foule volubile qui se pressait entre les tombes ; Nikolaas, qui s'était posté légèrement en retrait pour les attendre, reconnut çà et là quelques rares visages et mit un moment avant de s'apercevoir que les domestiques, qui tous avaient assisté à l'office, se faufilaient derrière les autres paroissiens pour regagner la maison, presque méconnaissables dans leurs vêtements du dimanche.

Mme Chalmers, petite mais droite comme un *i* dans sa robe à fleurs, se détacha de la foule et le prit par le bras pour le présenter au pasteur :

"Magnifique, magnifique, s'exclama ce dernier avec chaleur, je trouve cela merveilleux que de jeunes hommes venus des colonies aient la possibilité d'étudier dans nos vieilles universités et de connaître l'Angleterre" ; il s'éloigna en hâte, son surplis flottant au vent.

"Nick, dit une voix tout près de lui. C'était Robert.

— Venez, Nicholas, que nous fassions les présentations, dit Mme Chalmers : Edmund, Emmeline, je vous présente notre hôte."

C'étaient les Fairfield du Hall, dont il avait déjà entendu parler à maintes reprises ; ils hochèrent la tête avec bonne volonté mais sans manifester d'intérêt particulier. Une femme entre deux âges, maigre, à l'air légèrement contrarié, et un homme plus âgé portant des moustaches en virgules.

"Alice, poursuivit lady Emmeline sans plus faire attention à lui, je suis ravie de te voir, je voulais justement te parler de cette tente de jardin…

— Cecily, dit Robert, je te présente Nick, dont je t'ai parlé. Nick – Eleanor et Cecily."

Les deux jeunes filles étaient les copies conformes de leur mère, en plus jeunes : elles avaient déjà la même charpente osseuse et quelque chose, dans les regards dont elles le gratifièrent, promettait d'évoluer vers la même arrogance – seule la jeunesse de leur teint les préservait encore d'une rigueur aussi implacable. De toute évidence, cependant, c'était sur Cecily qu'il était censé porter son attention et sur laquelle il devrait donner son approbation implicite à Robert, lequel se tenait près de lui dans l'expectative ; elle le regarda, lui sourit et fut sauvée, l'esprit de sa mère était conjuré :

"Bob ne cesse de vous porter aux nues, dit-elle, je craignais presque d'être déçue de vous rencontrer en chair et en os.

— Venez, les filles, nous devons y aller", dit lady Emmeline de sa voix flottante et haut perchée. Cecily lui sourit de nouveau, baissa les yeux en passant devant Robert béat d'admiration, et suivit sa mère ; toutes trois se frayèrent un chemin parmi la foule qui s'écartait pour les laisser passer. Les hommes, en les apercevant, se découvraient.

"Vous avez vu Belling, avec ces coquelicots sur son chapeau ? demanda Gerda qui venait de les rejoindre.

— Belling ? Qui est Belling ?

— La deuxième domestique, celle qui a un si joli minois. Vous ne l'aviez pas encore remarquée ?

— Comment connaissez-vous son nom ?

— Nous faisons parfois un brin de causette le soir, lorsqu'elle vient ranger ma chambre", dit-elle en se dirigeant vers les Chalmers qui bavardaient avec les paroissiens ; Chalmers s'enquérait auprès de paysans rougeauds des dégâts causés par la tempête tandis que Mme Chalmers s'entretenait avec leurs épouses et faisait risette aux enfants timides. La plupart étaient sur le départ et les rares qui étaient encore au cimetière se dirigèrent vers la grille. Robert, qui avait accompagné les filles Fairfield jusqu'à leur voiture, attendait dehors, au bord de la route ; Prudence surgit de derrière les tombes, Helen se défit non sans mal d'un couple qui l'avait entraînée dans une conversation sur le tennis : le petit groupe était prêt à regagner la maison.

Nikolaas était resté en arrière pour tenir la grille ouverte à Helen, qui lui sourit.

"C'est difficile de quitter tous ces gens, dit-elle, nous connaissons tout le monde. Vous ne vous êtes pas trop ennuyé ?

— Non, répondit-il. Est-ce à eux que vous louez des terres ?

— À beaucoup d'entre eux, oui, papa prend son rôle de propriétaire terrien très à cœur, ils viennent toujours le voir quand ils ont des problèmes. Je suis certaine que sir Edmund ne connaît même pas la moitié de ses métayers. Il se décharge sur son agent."

Ils restèrent un peu en retrait, laissant les autres prendre une légère avance, et les suivirent sur la pente ensoleillée du pré communal. Derrière eux, la tour carrée de l'église se dressait entre les arbres ; les jardins des maisons environnantes étaient illuminés de fleurs. À côté de lui, Helen, perdue dans ses pensées comme à son habitude, ne semblait pas vouloir poursuivre la conversation.

"Est-ce que John sera longtemps absent ?" demanda-t-il.

Elle ne répondit pas tout de suite.

"Il rentre mercredi, dit-elle soudain.

— Il a l'intention d'acheter une maison dans l'Ouest ?"

Nouveau silence.

"Il est allé voir des propriétés, dit-elle en insistant légèrement, sans doute involontairement sur ce mot, comme pour lui faire comprendre que sa question était stupide.

— Alors, vous allez habiter dans l'Ouest ? continua-t-il, à l'aveugle.

— John y songe. Bien sûr, il héritera des terres de son oncle, mais il n'aime pas particulièrement cette région. Sa mère est originaire du Gloucestershire, c'est là qu'il est allé à l'école, il y a de la famille, des amis." Il sentit que cette réponse comportait elle aussi un léger reproche, même si rien n'était formulé directement – pour autant qu'il sache, John et elle n'étaient pas fiancés. Mal à l'aise, il cheminait en silence à ses côtés. "Connaissez-vous les Cotswolds ? demanda-t-elle soudain.

— J'y suis passé une fois en voiture. Très belle région.

— Oui, c'est très joli à traverser, mais de là à y vivre, c'est autre chose." Il n'osa pas répliquer, craignant de faire preuve une fois de plus de manque de tact. "Moi, en revanche, reprit-elle spontanément, mes attaches sont ici. C'est ici que je suis née, ici que j'ai grandi ; qui plus est, toutes ces terres sont à nous. L'amour, la fidélité, les obligations sont des liens très forts." Ils ralentirent le pas ; devant eux, sur la vaste pelouse, les autres étaient déjà loin – Mme Chalmers sous son ombrelle, Chalmers les mains dans le dos, Prudence gambadant à travers champs, Robert et Gerda absorbés par leur conversation : ils traversèrent la rue et se dirigèrent vers la maison qui les attendait derrière les frondaisons. "On s'attache aux lieux, n'est-ce pas ? dit Helen, l'air songeur. Et aux gens aussi. On ne choisit pas, on n'a pas le choix, c'est comme ça et tout ce que l'on peut faire, c'est d'avancer. Et cela fait toujours mal, toujours ; je ne sais pas pourquoi. Qu'en pensez-vous ?"

Elle parlait d'un ton détaché et attendait une réponse, comme s'ils eussent parlé du jardin, du temps qu'il faisait ou du sermon du jour. Jamais encore elle ne s'était confiée à lui sur un mode aussi intime ; étonné, il hésita.

"Je ne sais pas, dit-il. Je n'ai pas encore une très grande expérience de la vie.

— Pardonnez-moi, je suis indiscrète. Je suis pire que Prudence.

— Non, dit-il, ce n'est pas cela."

Elle pressa le pas pour rattraper les autres. Traversant le vestibule où Mme Chalmers ôtait ses gants et où Prudence tentait d'extorquer à son père une concession quelconque, elle monta directement dans sa chambre sans leur adresser la parole.

L'après-midi du dimanche fut calme et même les rares bruits du village qui franchissaient parfois la haie d'arbres avaient disparu. Les abeilles bourdonnaient au milieu des fleurs, un oiseau cria et le soleil illumina peu à peu les feuilles des branches basses ; dans le jardin, Gerda et Prudence parlaient du bombardement de Bilbao et de la chute possible de la ville.

"Mais s'ils parviennent à tenir bon… commença Prudence avec véhémence.

— La question n'est plus de savoir s'ils vont tenir, mais combien de temps ils vont tenir, l'interrompit Gerda d'un ton qui ne souffrait pas de réplique.

— Mais pourquoi devraient-ils se rendre ? Ce sont eux qui ont raison, pas Franco !"

Comme elle secouait la tête avec force, ses nattes tressées à la va-vite se relâchèrent.

"Peu importe qu'ils aient raison ou tort : Franco a les meilleures armes et les alliés les plus puissants. J'ai lu dans les journaux que ce sont des avions allemands qui bombardent la ville pour son compte."

"Prue ! cria Robert qui était allé chercher des maillets de croquet dans la cabane de jardin. Prue !"

Prudence se contenta de lui faire signe de la main sans pour autant se lever.

"Mais alors, demanda-t-elle, n'y a-t-il donc aucune justice ?

— Pas dans le sens où sur cette terre, les bons sont récompensés et les méchants sont punis. Lorsque c'est le cas, c'est généralement davantage le fait du hasard que de quoi que ce soit d'autre.

— Mais alors, qu'est-ce que la justice ?"

Le bras posé sur les genoux, le menton dans le creux de la main, Gerda, penchée en avant, entreprit de gratter la terre à ses pieds avec une brindille.

"Le bien et le mal existent, dit-elle enfin. La justice et l'injustice aussi. La bonté, la méchanceté sont des choses essentielles que l'on peut presque toucher du doigt tant elles sont tangibles. On s'obstine à suivre un chemin que l'on croit être le bon, comme ces hommes, ces femmes et ces enfants à Bilbao qui tiennent bon dans leur ville sous les bombes. Lorsqu'ils seront vaincus, même si la ville est totalement détruite et tous ses habitants massacrés, ils n'en auront pas moins eu raison, et leurs adversaires n'en auront pas moins eu tort."

"Prue ! cria Robert de nouveau. Viens un peu m'aider !" Elle resta agenouillée dans l'herbe sans bouger, réfléchissant aux paroles de Gerda. "Voilà Mlle Mackintosh", dit-elle enfin.

Elle se leva et rejoignit Robert. De fait, Mlle Mackintosh fit son apparition entre deux massifs, en compagnie de Mme Chalmers.

"Voilà Mlle Mackintosh", répéta Gerda lentement ; tentant non sans effort de ramener ses pensées à la réalité, elle se tourna vers Nikolaas qui, assis un peu à l'écart, lisait tout en écoutant leur conversation. "Vous la connaissez ?

— Je l'ai rencontrée un matin. Je me trouvais par hasard au salon et elle m'a adressé la parole.

— Je la reconnais bien là”, dit Gerda – elle se renversa dans sa chaise longue et s’étira. “Vous vous intéressez à l’Espagne ? L’actualité vous intéresse, de manière générale ?

— Je lis les journaux.

— Nous avons dû vous ennuyer, Prudence et moi, avec notre conversation.”

Il cherchait une dénégation polie mais heureusement les deux femmes, occupées à faire le bilan des dégâts de la récente tempête, les rejoignirent.

“Ce n’est pas si grave que cela, déclara Mlle Mackintosh avec conviction ; il suffit de ligaturer les plantes qui ont été malmenées et de replanter les massifs, et dans une semaine il n’y paraîtra plus. La nature ne se laisse pas faire aussi facilement. Tout comme l’être humain.

— Dans ce cas, nous aurons encore des fraises cet été”, constata Mme Chalmers avec satisfaction.

Gerda et Nikolaas s’étaient levés à leur approche.

“Gerda, dit Mlle Mackintosh, ce matin, quand je t’ai vue à l’église, je me suis dit qu’il fallait absolument que je passe te dire bonjour – si j’avais remis ma visite à plus tard, tu aurais été repartie avant que nous ayons le temps de bavarder un peu. Il y a si longtemps que tu ne nous as pas rendu visite que d’ici à ce que tu reviennes, je serai sans doute déjà morte.”

Elle avait dit cela en toute simplicité et n’attendait manifestement pas de démenti poli. À cet instant, les domestiques sortirent de la maison, portant des plateaux chargés de victuailles, et Nikolaas dut les aider à installer les chaises et les petites tables de jardin.

“Eh bien, voulut savoir Mlle Mackintosh, comment était-ce, dans l’Oxfordshire ? Il y a des années que je n'ai vu les Cutwell – je suis allée à l'école avec la sœur de sir James mais c'était il y a si longtemps, mieux vaut ne pas en parler."

Voyant Robert et Prudence qui revenaient de la cabane de jardin avec les maillets, elle les interpella : confortablement installée dans une chaise de jardin, jambes écartées, pieds solidement plantés sur la pelouse, sa voix claire et son ton impérieux couvraient la conversation.

"Est-ce que tu as déjà joué au croquet, Nick ?" demanda Robert. Il vint s'asseoir près de lui sur l'herbe, sa tasse de thé à la main.

"Jamais.

— Nous t'apprendrons, dit Prudence. Tu verras, c'est très amusant.

— Oui, surtout de la manière dont tu joues, en interprétant les règles à ta façon.

— Les jeux sont faits pour s'amuser, et s'amuser est plus important que respecter des règles stupides.

— Bravo, Prue, voilà des paroles qui me vont droit au cœur, s'écria Mlle Mackintosh qui, tout en mangeant ses scones, parlait bordures et rocaille avec Mme Chalmers. C'est de cette manière que j'ai toujours pratiqué tous les sports, quand j'étais jeune.

— Je crois bien que c'est toujours de cette manière que tu fais de la bicyclette, Edwina, ajouta Mme Chalmers en souriant.

— Tu n'es pas très sportif, n'est-ce pas ? dit Robert. J'espère que tu ne t'ennuieras pas trop pendant notre grande compétition de cricket.

— Quelle compétition ?

— Oh, le Hall revit depuis que lady Emmeline et ses filles sont de retour ; sir Edmund veut réunir deux équipes de onze joueurs – l'Essex contre le

Suffolk ; ici, nous sommes pour ainsi dire à la frontière entre les deux comtés. Ensuite, il y aura un bal au Hall. Cela promet d'être agréable."

Prudence se redressa d'un bond :

"Maman, je pourrai aller au bal, n'est-ce pas ?

— On ne coupe pas la parole", répondit sa mère calmement sur un ton de reproche, avant de poursuivre sa conversation avec Mlle Mackintosh.

Prudence se laissa retomber dans l'herbe.

"De toute façon, je sais bien que je n'aurai pas le droit d'y aller. Je n'ai jamais le droit de rien faire.

— Tu ne seras sans doute même pas invitée, dit Robert.

— Mais si, bien sûr que si ! J'ai entendu maman dire à papa que lady Emmeline avait dit que nous irions tous dîner chez eux, que nous étions invités au bal et que nous pourrions nous changer sur place. Elle a dit que nous étions *tous* invités.

— Le Hall te plaira, dit Robert à Nikolaas. Il est dans la famille des Fairfield depuis des générations.

— Ils ont un labyrinthe dans le jardin, intervint Prudence. Un tout petit. Et un canal. J'aime bien la maison ; ce sont juste leurs filles qui me rendent folle.

— Prudence, surveille un peu ton langage, dit Mme Chalmers. Robert, si tu faisais passer les sandwiches ?

— Oui, il faut absolument que vous voyiez le Hall pendant votre séjour", renchérit Mlle Mackintosh – elle s'était adressée à Nikolaas, mais sans mentionner son nom, comme si elle avait oublié comment il s'appelait. "Edmund s'occupe bien de son jardin, il faut le reconnaître. Sa collection d'arbres taillés architecturalement est impressionnante – pour peu que l'on s'intéresse à ce genre de choses. Gerda et vous devez penser que nous sommes tous un peu zinzin, avec nos jardins, notre cricket et nos thés de cinq heures – en réalité, un repas totalement ridicule, tout à fait superflu. Cela dit, Alice, ces scones sont tout simplement délicieux.

— Je trouve que le thé de cinq heures est une merveilleuse invention, dit Prudence en prélevant quelques sandwiches en forme de triangles sur l'assiette que Robert tendait à Nikolaas. Je ne sais pas comment je survivrais à l'après-midi sans cela.

— Tu es une incroyable petite gloutonne, Prue, dit Robert. Ils doivent sûrement vous affamer pendant des trimestres entiers, à l'internat.

— J'adore manger, dit Prudence d'un ton rêveur. Des sandwiches aux sardines, des scones dégoulinant de beurre, de la crème anglaise avec des cerises et des meringues... Maman, ajouta-t-elle très vite, profitant d'une interruption dans la conversation entre sa mère et Mlle Mackintosh, maman, est-ce que Mme Williams pourrait nous refaire des meringues pour le dessert ? Voilà des semaines que nous n'en avons pas mangé.

— On ne penserait jamais que c'est la même personne qui se fait tant de souci pour les petits réfugiés espagnols", observa Robert d'un ton moqueur.

Prudence se redressa soudain, oubliant les sandwiches ; elle attendit que les autres aient terminé leur conversation et que Mme Chalmers remplisse à nouveau les tasses à thé.

"Mademoiselle Mackintosh, demanda-t-elle, que pouvons-nous faire pour les habitants de Bilbao ?

— Que voudrais-tu faire ? répondit Mlle Mackintosh en essuyant le beurre fondu sur ses doigts avec une serviette.

— Je voudrais aller en Espagne pour conduire un camion.

— Malheureusement, je ne pense pas que tes parents soient d'accord – pas plus d'ailleurs que le directeur de ton lycée. En outre, comme tu n'as aucune expérience de ce genre de travail, tu ne ferais vraisemblablement que gêner tout le monde – les gestes les plus héroïques et les plus romantiques ne sont malheureusement pas toujours les plus efficaces. Pour le moment, le mieux serait sans doute que tu restes en Angleterre et que tu essaies de faire ce que tu peux à partir d'ici." Son regard erra quelques secondes sans la voir sur la tasse que lui tendait Mme Chalmers. "Pendant la guerre des Boers, je voulais aller en Afrique du Sud pour soigner les gens dans les camps, tu le savais ?" Elle chercha Nikolaas du regard. "J'étais bien plus âgée que Prudence, mais tout aussi enthousiaste et tout aussi inexpérimentée, et c'est probablement une bonne chose que j'aie dû rester à la maison pour m'occuper de mes parents. Le destin ressemble rarement à ce que l'on aurait choisi soi-même, n'est-ce pas ? Et il prend en général une forme beaucoup moins agréable." Plantant un instant ses yeux de porcelaine dans ceux de Nikolaas, elle sourit, amusée par ce souvenir. "Finalement, je me suis contentée de me précipiter à Londres chaque fois que j'en ai eu l'occasion pour participer à des manifestations, j'ai rassemblé des fonds dans les environs pour les camps – je puis vous assurer que je n'ai pas gagné en popularité auprès des voisins, tous d'ardents impérialistes dans l'âme. Il a fallu une guerre mondiale pour que certains d'entre eux recommencent à m'adresser la parole."

Robert s'était allongé sur l'herbe, Gerda, assise à côté de Mlle Mackintosh, écoutait poliment et Prudence, assise sur ses talons, attendait patiemment une réponse. La vieille dame, jambes écartées, tenait sa tasse de thé à la main ; son corps fluet et ses genoux étaient couverts de miettes.

"Toi, dit-elle alors en soupirant : l'Espagne. J'y pense sans cesse, savez-vous ? Parfois, la nuit, je me réveille et je songe à ce qui se passe là-bas tandis que moi, je suis en sécurité dans mon lit, et je n'arrive plus à me rendormir.

— Croyez-vous que ce soit tellement pire que ce qui se passe dans d'autres pays, mademoiselle Mackintosh ? demanda Robert.

— Pire ? Comment mesure-t-on ce qui est pire et ce qui l'est moins ? C'est l'Espagne qui fait les gros titres des journaux ces temps-ci, l'Espagne qui se rappelle chaque jour à notre souvenir, mais il y a dix, quinze autres pays qui mériteraient que l'on s'inquiète tout autant pour eux.

— Pas plus tard que cette semaine, intervint Mme Chalmers, j'ai lu dans le journal qu'en Yougoslavie ils arrêtent même les enfants. Je pensais que la Yougoslavie était un pays tout à fait progressiste – les Lacey y étaient encore l'été dernier, tu te souviens, Robert ? C'est à se demander où va le monde…"

Robert, les mains derrière la tête, fixait le ciel : "Le monde n'est pas pire aujourd'hui qu'avant, maman. C'est juste que nous sommes mieux informés.

— Je me sens tellement coupable", dit Mlle Mackintosh à voix basse avec une certaine timidité. Tout en parlant, elle rassembla les miettes qui étaient tombées sur sa robe. "Le matin, quand je prends mon petit-déjeuner, avec mon œuf dur, mes toasts, ma théière bien au chaud sous son couvre-théière et mes rosiers grimpants autour de ma fenêtre, et que je lis dans le journal les dernières horreurs, les bombardements, les arrestations et les tortures, je me demande de quel droit je suis à l'abri de tous ces malheurs qui s'abattent sur le monde.

— Il y a cent ans, mademoiselle Mackintosh, vous n'auriez rien su de toutes ces horreurs jusqu'à ce qu'elles soient terminées. Vous auriez pris votre petit-déjeuner sans vous soucier de rien et la nuit, vous auriez dormi du sommeil du juste."

Mlle Mackintosh secoua la tête :

"Je ne crois pas – non, j'aurais sûrement trouvé de quoi m'inquiéter. Laisser les choses, ou même ma propre vie, suivre leur cours tranquillement n'est pas dans ma nature.

— Tu ne peux tout de même pas prendre sur toi tous les péchés du monde, Edwina", dit Mme Chalmers en souriant – d'un geste de la main, elle pria Nikolaas de faire circuler l'assiette de gâteaux.

"J'en suis tout à fait capable. Nous sommes tous responsables de ce qui se passe, tous, nous n'avons pas le droit de rester neutres ni de fermer les yeux." À côté d'elle Nikolaas attendait, l'assiette à la main, mais elle ne le voyait pas. "Que les cadavres jonchent les rues de Bilbao ou cette pelouse devant nous ne change rien à l'affaire."

Prudence, agenouillée devant elle, attendait toujours la réponse à sa question. Elle se retourna et parcourut le jardin du regard. La pelouse que l'ombre recouvrait peu à peu s'étendait à perte de vue, les arbres les enserraient dans la verdure de leur épais feuillage ; seuls les massifs, au loin, recevaient encore un peu de lumière et brillaient au soleil.

“C’est sans doute vrai, Edwina, convint Mme Chalmers, mais c’est une pensée macabre. Je ne pourrai plus jamais regarder cette pelouse sans y voir des cadavres.

— C’est très bien”, répondit Mlle Mackintosh avec assurance ; elle s’aperçut soudain de la présence de Nikolaas qui se penchait vers elle pour lui présenter l’assiette et, légèrement confuse, l’esprit encore ailleurs, elle hésita un instant entre le gâteau au chocolat et celui aux graines de carvi.

“Je comprends ce que vous voulez dire, mademoiselle Mackintosh, dit Gerda doucement. Moi aussi, je les vois tout le temps. Je vois les visages derrière chaque fenêtre.”

Un silence gêné s’abattit sur le petit groupe de buveurs de thé : personne ne prenait la parole, comme si plus personne ne savait que dire.

“Je voudrais tellement faire quelque chose pour les enfants basques”, dit Prudence.

Sa mère accueillit sa remarque avec une certaine gratitude.

“Pour être honnête, dit-elle, je trouve un peu ridicule d’organiser une fête de bienfaisance pour financer le clocher de l’église alors qu’il y a tant de détresse et de misère dans le monde. Mais la question est de savoir qui, dans notre village, s’intéresse aux enfants basques. Qu’en penses-tu, Edwina ?”

Elles enchaînèrent sur la fête de bienfaisance de la paroisse, l’Association des mères de famille et la femme du pasteur, soupesèrent les avantages et les inconvénients d’organiser une garden-party, évoquèrent le souvenir de l’arrivée des réfugiés belges durant la Grande Guerre : la conversation s’enlisa dans des problèmes locaux tandis que Prudence, incrédule, sourcils froncés et toujours à genoux, se tenait à l'écart, attendant que quelqu'un réponde à sa question.

"Si nous faisions une partie de croquet ? proposa Robert. Gerda, qu'en penses-tu ?

— Une partie de croquet ? Je croyais que cela n'existait que dans les romans de l'époque victorienne ; je ne savais pas que l'on y jouait encore.

— Oh, nous sommes restés très victoriens ici, à la campagne. La pensée des réfugiés espagnols peut certes susciter quelque émoi pendant un moment mais cela ne dure jamais très longtemps, ensuite tout revient à la normale et l'on continue à commenter ce que Mme Cutting a dit à Mme Rising à propos des bouquets pour l'église.

— Tu crois que je pourrais m'adapter à votre mode de vie victorien ?

— Peut-être pas complètement, mais tu peux essayer. Vois cela comme une sorte de comédie, si tu n'arrives pas à le prendre au sérieux. Viens, Prue, viens m'aider, dépêche-toi", dit-il en se levant d'un bond ; voyant qu'elle continuait à écouter la conversation des femmes et qu'elle ne lui prêtait aucune attention, il entreprit de disposer seul les arceaux sur le gazon.

Nikolaas s'apprêtait à se lever pour l'aider lorsque Gerda prit la parole :

"Oui, dit-elle d'un ton pensif, une comédie, c'est sans doute cela. Mais cette comédie, qu'est-elle censée représenter ?"

L'ombre gagnait en étendue, le jour se fondait presque imperceptiblement dans la grisaille du soir. Derrière les arbres, la cloche de l'église sonnait pour annoncer l'office du soir et Mme Chalmers, dans le silence soudain, entendit les derniers mots de leur conversation.

"Qu'y a-t-il, Gerda ? Vous voulez monter un spectacle ?

— Nous parlions juste des règles du croquet, madame.

— Il faudra que nous y jouions un soir avant ton départ – nous sommes suffisamment nombreux pour que cela soit intéressant." Prise d'une impulsion soudaine, elle se retourna vers Mlle Mackintosh : "Edwina, il faudrait que tu viennes un de ces soirs dîner chez nous pendant que Gerda est là. Demain soir, peut-être – tu es libre ?

— Si tu me promets que je serai de retour chez moi à dix heures et demie. Je n'ai plus l'âge de veiller aussi tard." Elle se leva, non sans difficulté : "Et maintenant, je dois partir. Si je ne vais pas au culte ce soir, avec le temps qu'il fait, il n'y aura personne – c'est tellement frustrant pour ce pauvre pasteur, même s'il ne fait pas cela en fonction du nombre de fidèles.

— Puis-je vous accompagner, mademoiselle Mackintosh ? demanda Prudence.

— Dans ce cas, dit sa mère, il faudrait que tu arranges un peu tes cheveux. Ils sont affreux.

— Ne t'en fais pas, Alice, elle est tout à fait acceptable aux yeux du Seigneur – et aux yeux de quiconque se trouverait par hasard à l'église ce soir. Va chercher ton chapeau et ton livre de prières, mon enfant, et allons-y." Comme Prudence s'éloignait, elle lui caressa furtivement la joue : "Oui, je sais, tu penses que nous sommes d'affreuses petites vieilles, difficiles, lentes à la détente, qui passons notre temps à ergoter sur les salles des fêtes et les brocantes, n'est-ce pas ? Mais il ne suffit pas de brandir une épée flamboyante pour partir à la conquête du monde – de telles campagnes exigent beaucoup de préparation, c'est un processus ennuyeux qui demande du temps. Tu en feras l'expérience, et tu verras aussi toute la patience qu'il faut. Ne t'inquiète pas, nous arriverons bien à faire quelque chose pour tes réfugiés basques.

— Pourtant, mademoiselle Mackintosh, dit Prudence, parfois on ne peut s'empêcher de la brandir, cette épée flamboyante. Parfois c'est nécessaire."

Mlle Mackintosh hocha la tête :

"Oui, mais ce n'est pas quelque chose que l'on entreprend à la légère. Et lorsqu'on le fait, on découvre que l'on est aussi soi-même dévoré par ce feu."

Au loin, la cloche tintait doucement dans le silence du soir. Le soleil s'était retiré derrière les arbres et le ciel prenait peu à peu la teinte du crépuscule. Bien qu'il fût déjà tard, elles restaient là, comme si partir risquait de perturber cet instant et de le faire disparaître irrémédiablement.

"C'est beau, Gerda, n'est-ce pas ? demanda Mlle Mackintosh doucement en souriant. Et vous, qu'en pensez-vous ?" Son regard s'était de nouveau posé sur Nikolaas bien qu'elle n'eût toujours pas prononcé son nom. "Nous sommes un peuple d'idiots, nous sommes englués dans notre bêtise, totalement imbus de nous-mêmes, nous avons fait subir aux autres des injustices atroces au cours de notre histoire ; pourtant, ce pays est si beau ! Si l'envie vous prend un jour de nous condamner, pensez à ce soir, à ce jardin, et pardonnez-nous un peu.

— C'est beau, répéta Gerda. Comme un véritable éden, un jardin paradisiaque que rien ne pourra jamais atteindre ni profaner – jamais, au grand jamais.

— Qui sait ? demanda Mme Chalmers d'un ton léger. Peut-être l'ange attend-il derrière les arbres pour nous en chasser ?

— C'est tout à fait possible, répondit Mlle Mackintosh. Le serpent s'approche en rampant à travers les buissons tandis que l'ange attend ; mais c'est tout de même beau, vous ne trouvez pas ?"

Elle jeta un rapide coup d'œil au cercle qu'ils formaient, puis elle prit congé et s'éloigna en compagnie de Mme Chalmers ; Prudence s'élança vers la maison pour se préparer avant d'aller à l'église et Robert cria à Gerda et à Nikolaas d'approcher ; il leur expliquerait les règles du croquet afin qu'ils puissent faire une partie avant le dîner.

"Ce que cette May peut être ennuyeuse, dit Mme Chalmers d'un ton réprobateur. Moi qui voulais connaître tous les détails de l'exposition florale, tout ce qu'elle trouve à écrire, c'est que les taxis londoniens sont trop chers.

— Prue, dit Helen, c'est déjà la deuxième fois que je te demande de faire passer le lait.

— Dites-moi, Nicholas, vous trouvez aussi que les taxis sont chers, à Londres ? poursuivit-elle en lui jetant un regard distrait par-dessus ses lunettes de lecture. Prue, fais attention avec cette cuiller !" Elle se replongea dans la lecture de ses lettres.

La pièce bruissait des allées et venues habituelles autour de la table du petit-déjeuner, des bribes de conversations sans queue ni tête et du sifflement des réchauds à alcool sur le buffet. Tout en buvant son café, Mme Chalmers ouvrit son courrier sur la table couverte de papier festonné et d'enveloppes gonflées qui crissaient sous la lame.

"Tenez, Nicholas, j'ai trouvé une lettre pour vous au milieu des miennes. Comment ne m'en suis-je pas aperçue plus tôt ? Rien pour toi, en revanche, Gerda. Tes parents savent pourtant que tu es chez nous, n'est-ce pas ?

— Je n'attends pas de courrier de ma famille, madame. De toute façon, nous avons constaté que nos lettres arrivent avec retard. Elles sont ouvertes en cours de route.

— Pourquoi donc quelqu'un voudrait-il ouvrir vos lettres ?" demanda Robert, effaré.

Gerda haussa les épaules :

"Ils n'apprécient pas les opinions politiques de mes parents. Ils n'aiment pas non plus le fait que je séjourne aussi longtemps à l'étranger. Ils veulent savoir ce que nous nous écrivons.

— C'est ridicule, dit Robert. Vous ne pouvez vraiment rien faire ?

— Mais qu'est-ce que vous vous écrivez donc ? demanda Prudence.

— Prue, vraiment ! la réprimanda Helen – sa mère s'était replongée dans sa correspondance.

— Des choses de la vie quotidienne, dit Gerda. Mais ces gens-là sont toujours sur le qui-vive, ils se sentent vite menacés. La moindre remarque fortuite leur paraît dangereuse."

Prue, de l'autre côté de la table, la regardait, fascinée.

"*Ces gens-là*, qui est-ce ? demanda-t-elle.

— Le gouvernement. Le gouvernement allemand.

— Moi, dit Robert, je ne tolérerais jamais une chose pareille.

— Que peut-on y faire ? C'est sans importance – c'est désagréable, rien de plus.

— Vous ne lisez pas votre courrier ? demanda Helen à Nikolaas. Ne vous gênez pas pour nous.

— Rien ne presse. C'est juste une lettre de ma tante.

— Gerda, dit Mme Chalmers, j'ai ici quelque chose qui va t'intéresser. Vendredi soir – Helen, te souviens-tu de ce que nous avons prévu pour vendredi soir ? Je sais que nous avons quelque chose.

— Papa et toi allez dîner chez les Constantine-Smith.

— Ah oui ! Pas étonnant que j'essaie de l'oublier. Mais nous avons déjà annulé une fois parce que ton père était malade, nous ne pouvons pas recommencer.

— Qu'y a-t-il vendredi soir, maman ? demanda Prudence.

— Un concert à Wattisham, une soirée Schubert. Gerda, jette donc un coup d'œil à cette lettre – c'est un petit orchestre allemand qui organise une soirée au profit d'un fonds pour les réfugiés. Lady Parrinder fait partie du comité de soutien, naturellement."

Gerda parcourut l'annonce et hocha la tête.

"Je suppose qu'ils sont juifs, dit-elle.

— Je ne sais pas pourquoi elle prévient toujours au dernier moment. Non que nous eussions pu décommander ces raseurs, même si nous l'avions su plus tôt, mais tout de même…

— Des lieder, et le trio en *mi* bémol majeur. Ça a l'air intéressant.

— Vous, les jeunes, allez-y, si vous voulez. Ce n'est pas loin et la maison est superbe.

— Wattisham est l'un des joyaux de la région, confirma Robert. Tous les grands noms du XVIIIe siècle y ont travaillé – Adam, Hepplewhite, Capability Brown… Surtout, Nick, ne rate pas cette occasion, indépendamment de la musique. Sans compter qu'ils ont un tableau célèbre de Romney, je ne sais plus lequel.

— Moi, de toute façon, dit Helen, je ne serai pas là. La tante de John m'a invitée pour le week-end.

— Mais enfin, Helen, tu ne m'avais rien dit !

— Et Gerda n'aura certainement pas envie de sortir vendredi soir alors qu'elle part samedi matin."

Gerda secoua la tête :

"Au contraire, dit-elle d'un ton résolu, j'aimerais beaucoup assister à ce concert, si c'est possible.

— Robert pourrait vous déposer, Nicholas et toi – si toutefois Nicholas a envie d'y aller, naturellement. Ce n'est pas un problème.

— Et moi, alors ? demanda Prudence, vexée.

— Je m'y attendais, dit Robert en riant.

— Helen, s'il te plaît, sonne Belling pour qu'elle vienne débarrasser. Les domestiques ont suffisamment à faire aujourd'hui sans que nous les retardions." Elle se leva et entreprit de rassembler sa correspondance : des lettres, des enveloppes, des brochures tombèrent à ses pieds en voletant, et Nikolaas se pencha pour les ramasser. "Merci, Nicholas. Et maintenant, je dois aller au jardin, dit-elle en se dirigeant vers la porte. Il faut que nous plantions les crocus d'automne si nous voulons avoir des fleurs en octobre…" Robert referma la porte derrière elle ; le calme revint dans la pièce.

"Il était temps de penser aux crocus d'automne, dit Gerda.

— Ne t'inquiète pas, ils ne fleuriront pas avant plusieurs mois, répondit Helen en souriant tout en rassemblant ses propres lettres.

— Moi aussi je veux aller à Wattisham, dit Prudence. Je n'y suis allée qu'une seule fois, il y a des années.

— Prue, tu sens encore la fumée de cigarette, ce matin – c'est vraiment dégoûtant. C'est un miracle que maman n'ait rien remarqué."

Prise au dépourvu par cette attaque, Prudence contempla la cafetière, ne sachant que dire.

"Et avant le petit-déjeuner, encore", ajouta Helen d'un ton désapprobateur en se dirigeant vers la porte.

Robert éclata de rire.

"Pas étonnant que le jeune Patrick n'apporte pas au jardin tout le soin qu'il mériterait ! Il est trop occupé à entraîner notre petite sœur sur les chemins de la perdition, derrière les serres.

— Je dirais plutôt que c'est elle qui l'y entraîne", dit Helen.

Prudence devint toute pâle.

"Je me moque pas mal de ce que vous pensez", déclara-t-elle avec toute la dignité dont elle était capable ; elle traversa la terrasse et sortit dans le jardin.

"Tu as fini de lire le journal, Bob ? demanda Gerda.

— Oui, le voici. Les nouvelles en provenance d'Allemagne ne sont guère réjouissantes, soit dit en passant. J'ai vu qu'à Munich ils ont arrêté des prêtres et fermé une imprimerie catholique.

— Certains prétendent que le pape va excommunier Hitler.

— Crois-tu que cela servira à quelque chose ?

— Je ne sais pas. Chacun fait avec les moyens dont il dispose. Chacun fait ce qu'il peut."

Nikolaas sortit par la porte-fenêtre et suivit Prudence, tenant à la main la lettre de sa tante Elizabeth ; au dos de l'enveloppe figurait en toutes lettres son adresse dans le mauvais quartier de Londres, du mauvais côté du parc. Non sans irritation, il se demanda si elle se rendait compte à quel point cette adresse était en décalage avec ses prétentions et ses ambitions.

Parvenu sous les arbres, au bord de l'étang, il déchira l'enveloppe, découvrant des feuillets couverts d'une écriture serrée et parsemés de taches d'ombre et de lumière. Elle écrivait qu'elle et son mari se préparaient à partir en vacances à Newport, qu'elle avait reçu une lettre de sa mère et que tout allait bien au Cap, qu'elle avait pris le thé avec lady Collison chez Mme Chicheley-Fairfax à Upper Brook Street… Il survola les feuillets avec indifférence, revit en esprit la maison étroite et sombre de Sussex Gardens où les domestiques avaient dû commencer à recouvrir de housses les meubles et les lampes et crut entendre le tintement de la sonnette qui annonçait l'arrivée dans le vestibule de lady Collison et de ses pékinois qui jappaient à tout va : lady Collison dont le cousin travaillait au ministère des Affaires étrangères, dont la cousine était mariée à un membre de la Chambre des lords, dont le neveu était en poste à l'ambassade à Paris et dont l'amie d'enfance, ancienne dame d'honneur à la Cour, logeait dans un petit appartement appartenant à la Couronne à Hampton Court. Jour après jour, le bruit de la sonnette et les jappements de ses petits chiens asthmatiques annonçaient sa venue :

soit qu'elle vînt engloutir d'énormes quantités de toasts à l'heure du thé, soit qu'elle emmenât tante Elizabeth aux floralies, à quelque exposition canine, à la Royal Academy ou prendre le thé chez Gunter's.

Il n'avait que trop souvent vu la vieille lady Collison avec ses fourrures qui sentaient la naphtaline et son dentier mal ajusté, et il s'était habitué à ce qu'elle l'ignorât, lui, le jeune étudiant dont la tâche consistait à ouvrir les portes et à passer les tasses ; de la chaise sur laquelle il était assis, légèrement en retrait, il avait peu à peu compris que ce n'était pas seulement lui qu'elle méprisait, mais aussi tante Elizabeth, cette femme légèrement ridicule originaire des colonies, avec son mari banquier et sa maison à Bayswater, une femme dont elle ne tolérait la compagnie que parce qu'elle organisait des dîners, l'invitait pour le thé et lui payait le taxi. Un profond sentiment de honte s'était emparé de lui lorsqu'il s'en était rendu compte, un sentiment de honte non seulement pour sa tante mais aussi pour lui-même, qu'il n'arrivait pas à expliquer clairement.

Certes, tante Elizabeth était bel et bien ridicule avec sa prédilection pour les titres, sa manie de se vanter de ses relations, les gaffes qu'elle commettait sans s'en apercevoir et qui montraient chaque fois l'étendue de son ignorance des conventions britanniques et de leur complexité, les expressions coloniales qui lui échappaient dans la conversation lorsqu'elle n'y prenait pas garde et les consonnes qu'elle prononçait comme en afrikaans en dépit de tout le soin qu'elle apportait à parler un anglais châtié, de sorte qu'il avait chaque fois envie de rentrer sous terre et qu'il se demandait si quelqu'un d'autre à part lui – son voisin de table, le chauffeur de taxi, la bonne ou un domestique – avait remarqué le dernier faux pas en date.

D'autres fois en revanche, pendant quelques instants, le masque soigneusement maintenu glissait, toute prétention abandonnée, et ce n'était plus tante Elizabeth de Sussex Gardens – celle qui avait son compte chez Harrods et prenait le thé chez Gunter's – qu'il avait devant lui, mais la tante Bettie des albums de photos de sa jeunesse : la jeune femme bien en chair, souriant sous les chênes ou la tonnelle de vigne vierge, resplendissante sous un soleil radieux au milieu de ses amis et des membres de sa famille. La transformation était si soudaine – il suffisait d'une remarque fortuite, d'un seul mot pour qu'affluent les pensées ou les souvenirs qu'elle était incapable d'exprimer de manière satisfaisante en anglais. Elle hésitait un instant entre deux mondes, celui avec lequel elle avait perdu tout contact et cet autre dans lequel elle était mal à l'aise, puis elle passait à l'afrikaans, langue qu'elle parlait avec de plus en plus d'aisance au fur et à mesure que lui revenaient les mots, les tournures et les expressions idiomatiques. Légèrement étonné, il écoutait alors cette femme étrange mais pourtant familière évoquer les excursions, les gens, les fermes de sa jeunesse et revenir sur de petits scandales familiaux depuis longtemps oubliés ; il découvrait alors que les certitudes sur lesquelles reposait sa propre existence à Londres et à Oxford commençaient à lui échapper et qu'il était ramené malgré lui au monde lointain de ses jeunes années, qu'il avait voulu oublier tout comme il avait oublié les malles qu'il avait reléguées dans un garde-meubles dès son arrivée à l'université.

Tels des conspirateurs, dans le salon impersonnel de Sussex Gardens, ils devisaient dans une langue qu'ils étaient seuls à comprendre de choses qui ne signifiaient rien pour quiconque, jusqu'à ce que le monde dans lequel ils vivaient se rappelle à eux. Tante Bettie hésitait, s'interrompait, se passait furtivement la main dans les cheveux ou effleurait les perles de son collier comme pour s'assurer de la réalité de sa situation et redevenait tante Elizabeth dans un monde où l'on recevait à cinq heures avec une théière en argent, où l'on déposait sa carte de visite sur un plateau dans le vestibule et où l'on s'enveloppait dans des fourrures pour quelque expédition en compagnie de la vieille lady Collison.

Il serra la lettre de toutes les forces de ses mains mais ne parvint pas à froisser l'épais papier : sans la lâcher, il poursuivit son chemin, hésita en arrivant à l'entrée du jardin clos. Au milieu des massifs multicolores, le vieux jardinier s'affairait avec un arrosoir et ne fit pas attention à lui. Il resta un moment à attendre, comme s'il cherchait quelque chose ; mais il ne trouva rien.

D'ordinaire, la maison était fleurie et seuls les dégâts causés par la tempête avaient brièvement modifié cette habitude. Chaque matin, pendant plusieurs heures, Mme Chalmers se retirait dans la pièce en rez-de-jardin d'où les domestiques émergeaient les bras chargés de vases débordant de fleurs qu'ils arrangeaient sans artifice et disposaient un peu partout dans la maison – sur les tables, dans les niches, sur les appuis de fenêtres – afin qu'elles exhalent leurs senteurs dans toutes les pièces.

Ce soir-là, pour le dîner, Mme Chalmers s'était manifestement donné plus de mal encore qu'à l'ordinaire : des compositions florales basses ornaient la table de la salle à manger, des fleurs coupées décoraient la nappe de part et d'autre des chandeliers étincelants et d'énormes bouquets surplombaient le buffet. Avec une vivacité mêlée d'une légère excitation, elle choisissait des fleurs et réarrangeait des branches jusqu'au dernier moment, gênant les domestiques qui s'affairaient dans la pièce. L'on n'attendait pourtant que Mlle Mackintosh, laquelle, vêtue d'une robe du soir noire et poussiéreuse impossible à rattacher à quelque mode que ce soit, tenait à la main un petit sac en perles et sirotait son sherry au salon en commentant d'un air entendu l'actualité locale.

La soirée avait toutes les apparences d'une occasion spéciale ; il régnait une ambiance de fête que Nikolaas ne comprenait pas et à laquelle il se sentait étranger. Il avait certes appris nombre de formules de politesse depuis son arrivée en Angleterre, soit seul, soit par l'intermédiaire de sa tante Elizabeth, mais ce mélange naturel de raideur et de décontraction, la nécessité de savoir en toutes circonstances jusqu'où l'on pouvait aller et dans quelle mesure il convenait de faire preuve de retenue relevaient davantage de connaissances et d'intuitions que l'on n'acquérait que par la naissance, aussi en était-il réduit à se tenir bien droit sur sa chaise, son verre de sherry à la main, et à écouter des conversations qui portaient sur des gens et des endroits qu'il ne connaissait pas. Il vit avec soulagement que le moment était venu de passer à table et remarqua qu'il avait été placé à la droite de Mme Chalmers, à côté de Prudence et en face de Robert, tandis que Chalmers et Gerda parlaient chevaux à l'autre extrémité et que

Mlle Mackintosh exposait ses théories en matière d'alimentation pour animaux. On servit le vin ; le domestique fit le tour de la table avec la soupière.

"Il faut absolument que vous alliez à Hadleigh pendant votre séjour, Nicholas, dit Mme Chalmers ; l'église…"

Il entendit la voix de Gerda, assise en face de Prudence :

"Mon père accorde davantage d'attention au haras maintenant qu'ils vivent à l'année dans leur propriété.

— Vraiment ? Vous avez fermé votre maison de ville ?

— Pas complètement, mais nous n'y allons plus que rarement. Papa n'est plus retourné à Berlin depuis 1933 – c'est sa manière à lui de protester.

— Il faudrait aussi que vous visitiez Ickworth, poursuivit Mme Chalmers. Robert, penses-tu que ce soit possible ?"

Son regard s'attarda un instant sur le domestique sans qu'elle interrompe pour autant le fil de sa conversation.

"Voyons, maman, intervint Prudence, Nicholas n'a sûrement pas envie de passer toutes ses vacances dans de vieilles maisons ennuyeuses.

— C'est un geste très fort, approuva Mlle Mackintosh. Si toutes les familles respectables les avaient ignorés, ces gens l'auraient vite senti. Mais j'ai récemment découvert que le fils de l'ancien Kaiser lui-même avait adhéré au parti.

— Oh, les Hohenzollern…" dit Gerda d'un ton qui laissait entendre qu'il n'y avait rien d'autre à attendre de cette famille. Elle avait revêtu une robe de velours bleu foncé et portait ses cheveux relevés en chignon ; un bracelet étincelait à son poignet. Ses bijoux étaient simples, à l'ancienne mode mais indéniablement authentiques, et les perles de son collier étaient parfaitement alignées. "Vous savez, ces gens-là ont le soutien de toute la petite bourgeoisie et de la populace. Ils n'ont que faire des propriétaires terriens et de la noblesse.

— Quoi qu'il en soit, continua Mme Chalmers tout en se servant de la soupe, vous verrez le Hall dès demain, une ancienne demeure d'une grande beauté. Elle date de l'ère jacobéenne, n'est-ce pas, Robert ? Ou bien est-elle plus ancienne encore ?"

Pendant ce temps, à l'autre bout de la table, la conversation avait pris un tour autrement plus sérieux :

"Il est du devoir de la noblesse et des propriétaires terriens de prendre position de la manière la plus claire et la plus explicite possible", déclara Mlle Mackintosh en émiettant son pain.

Robert avait cessé de prêter l'oreille à ce que disait sa mère, dont il n'écoutait que distraitement les propos.

"Croyez-vous que l'exemple que donne la noblesse ait encore une véritable influence ? demanda-t-il.

— Pour ma part, j'en doute, intervint son père. Chez nous, en Angleterre, le système est demeuré raisonnablement intact, malgré tout, mais sur le continent, des changements considérables ont eu lieu depuis la guerre.

— Je ne dirais pas que la noblesse a encore beaucoup d'influence, reprit Mlle Mackintosh, mais elle a certaines obligations envers la société. Le pouvoir et la richesse entraînent des obligations, c'est indéniable. Sinon, quelle serait la raison d'être de la noblesse, de nos jours ?

— Ah, nous voilà repartis dans ces conversations politiques, dit Mme Chalmers à Nikolaas dans un soupir. Non que cela me dérange que ma famille soit si engagée mais à table, quand on commence à parler de l'Allemagne, le pire est toujours à craindre.

— Au moins, cela nous change de la famille royale, maman, dit Helen. Ces dernières années, nous n'entendions plus parler de quoi que ce soit d'autre – il y a d'abord eu les célébrations du vingt-cinquième anniversaire, puis la mort du roi, l'abdication, le couronnement, tout cela dans la foulée. En tout cas, Franco et Hitler, c'est un changement.

— Oh, on parle encore beaucoup de la famille royale en ville – aux réunions de l'Association des mères de famille, il n'est question que des deux petites princesses."

Au milieu du brouhaha ambiant, Nikolaas entendait l'autre conversation qui se poursuivait à côté et en face de lui.

"Ce qui est sûr, disait Gerda, c'est que le peuple dans son ensemble soutient le gouvernement sans réserve. Les petits commerçants et les paysans ont trouvé l'homme fort qui se charge de penser à leur place et je ne crois pas qu'ils soient sensibles à quelque exemple d'où qu'il vienne."

Mlle Mackintosh secoua la tête d'un air résolu, faisant faire des allers et retours à ses longues boucles d'oreilles d'un autre âge qui scintillaient à la lumière des lampes.

"Mais non, dit-elle, mais non. Il y aura toujours des gens qui refuseront de suivre le courant et d'autres qui hésiteront à se démarquer de la masse. Ceux-là peuvent être sensibles à un exemple.

— Et que ferez-vous de vos bandes de Gédéons*, une fois que vous les aurez réunies, mademoiselle Mackintosh ?" demanda Robert en souriant.

De nouveau les pendants d'oreilles étincelèrent de fureur.

"Pas besoin de bandes, ce n'est pas du tout de cela qu'il s'agit. L'important est de faire savoir que l'on proteste. Quant aux conséquences, personne ne les contrôle.

— Mais il est difficile de protester, de nos jours, surtout en tant qu'individu. Ce n'est plus sans danger comme ce l'était à l'époque de la guerre des Boers, ou même comme pour les objecteurs de conscience pendant la Grande Guerre."

Mlle Mackintosh plissa le front :

"Il n'est jamais facile de se séparer de son peuple et d'élever la voix contre lui, dit-elle lentement. Être seul, physiquement et moralement, n'a jamais été facile et ne le sera jamais.

— Je comprends ce que veut dire Robert, dit Gerda. Quelque difficile que puisse être cet isolement, la perspective en est peut-être moins effrayante que celle de la salle d'interrogatoire ou du camp de détention. Les moyens d'intimidation d'aujourd'hui sont pires que ceux d'hier."

Le silence se fit quelques instants autour de la table tandis que les domestiques, impassibles, montaient la garde de part et d'autre du buffet sur lequel trônaient des bouquets de fleurs ; soudain, semblant

* Fondée en 1899 aux États-Unis, l'organisation chrétienne évangélique "les Gédéons" distribue des bibles dans les hôtels, les hôpitaux, les bases militaires, les prisons, les écoles et les universités. *(N.d.T.)*

répondre à un signal invisible, les convives, comme s'ils s'étaient rendu compte qu'il était préférable de changer de sujet, entamèrent une nouvelle conversation avec des inflexions de voix et sur un ton différents. Mme Chalmers, d'un petit geste de la main, signifia aux bonnes qu'elles pouvaient débarrasser, Chalmers appela le majordome et lui donna des instructions pour le vin ; en face d'eux, Mlle Mackintosh évoquait avec Gerda des connaissances qu'elles avaient en commun dans l'Oxfordshire tandis qu'Helen, Robert et Prudence entraînaient Nikolaas dans un débat animé sur la poésie de guerre, un sujet qui avait surgi entre eux de manière inexplicable.

Le repas allait bon train ; les domestiques se mouvaient sans bruit et s'inclinaient pour servir tour à tour aux convives ces plats anglais d'une simplicité irréprochable que le cuisinier des Chalmers leur préparait invariablement : consommé, saumon, selle d'agneau, crème dessert aux fraises et champignons grillés ; la conversation suivit son cours d'un ton mesuré, permettant à chacun d'y prendre sa part sans que personne ne se sente exclu. Il fut question de jardins d'agrément, des voisins, des Fairfield qui étaient de retour au Hall et des Parrinder, que l'on ne voyait plus que rarement à Wattisham ; l'on qualifia la saison sociale de Londres d'événement lointain, sans importance et sans rapport avec la vie quotidienne, l'on s'attarda un instant sur le titre de noblesse de Baldwin et la visite du baron von Neurath en Angleterre et l'on commenta longuement la manière dont la reine mère s'adaptait à son veuvage. Le thème de la discussion s'élargit ensuite brièvement à Davos et Oberammergau, aux Jeux olympiques de Berlin et aux entraves – réelles ou supposées – aux voyages à l'étranger. L'on spécula avec force finesse et circonlocutions sur les raisons financières du séjour à Florence de lady Fairfield, l'on disserta sur les souvenirs de voyage des peintres et de visites d'églises en Ombrie, l'on revint sur l'opportunité d'organiser ou non une garden-party au profit des victimes de la guerre d'Espagne et de la vente de charité au bénéfice de l'orphelinat de Haverhill auquel Mme Chalmers et Mlle Mackintosh s'intéressaient l'une et l'autre. La boucle était bouclée : les domestiques débarrassèrent les assiettes à dessert et la conversation revint sagement vers des sujets plus familiers : la ville et les jardins, les champs et les bois.

L'atmosphère se détendit quelque peu à la fin du repas, les conversations et les rires se firent plus sonores – seule Prudence, assise à côté de Nikolaas dans sa robe du soir blanche, mains croisées sur les genoux, semblait sur la réserve.

“Pourquoi es-tu si sérieuse ? demanda-t-il.

— Je ne sais pas, répondit-elle d'un air évasif. Ce doit être l'expression de mon visage.

— On dirait que tu n'écoutes même plus les conversations. Tu t'ennuies ?

— Non”, dit-elle. Les autres riaient d'une histoire que Mme Chalmers racontait avec verve et entrain et il mit un moment à comprendre que Prudence, près de lui, continuait à parler mais que ses paroles se perdaient presque dans les voix et les rires. “Je pense aux habitants de Bilbao, reprit-elle. Aux femmes et aux enfants.

— Les combats continuent ?

— Tu ne lis donc pas les journaux ?

— Je n'ai pas encore vu celui de ce matin.

— Tu peux aller dans le bureau écouter les nouvelles à la radio. Oui, ils tiennent bon. Chaque fois que j'écoute les informations, je me demande s'ils ne se sont pas rendus ; mais ils tiennent bon."

Mme Chalmers, posant sa serviette, tenta d'attirer l'attention de Mlle Mackintosh mais cette dernière, lancée dans un long récit de la manière dont elle était allée mendigoter pour la brocante, ne la remarqua pas tout de suite. Le repas, pourtant, touchait à sa fin.

"Vraiment, mademoiselle Mackintosh, je vous admire, dit Helen d'un ton léger. Je ne sais pas où vous trouvez tout ce courage et toute cette énergie."

À ces mots, la bonne humeur de Mlle Mackintosh tomba soudain et elle se tut, visiblement troublée ; seuls ses pendants d'oreilles tremblotaient encore en scintillant.

"Ma chère enfant, dit-elle, c'est bien le moins que je puisse faire. Et parfois je me dis que c'est bien peu, vraiment bien peu de choses."

Le silence s'installa ; Mme Chalmers attendait. Le sac de Mlle Mackintosh glissa de ses genoux, l'obligeant à plonger sous la table pour le ramasser ; Robert et Chalmers se penchèrent chacun de son côté tandis que le majordome se précipitait. Ce ne fut qu'après avoir retrouvé son sac et sa serviette qu'elle vit que Mme Chalmers avait donné le signal de se lever de table.

"C'est vrai", fit Chalmers, songeur, lorsque les dames eurent quitté la pièce. Robert et Nikolaas vinrent s'asseoir à ses côtés et le majordome leur servit du porto. "Oui, c'est vrai ce que dit Edwina, l'on a clairement le sentiment que malgré tous nos efforts, nous sommes encore loin du compte."

Le valet de chambre tira doucement la porte derrière lui en sortant, laissant seuls les trois hommes autour de la table débarrassée sur laquelle brûlaient encore des moignons de bougies.

“Tu es fatigué, papa ? demanda Robert.

— Oui – j'ai eu une rude journée.

— Y a-t-il quelque chose que nous puissions faire ? demanda Robert. Quelque chose que nous puissions faire dans l'immédiat, à part boire du porto ?”

Son père eut un léger sourire :

“J'ai déjà vu tant de guerres, de révoltes, de rébellions au cours de ma vie que je serais bien incapable de les énumérer toutes ; nous autres, soir après soir, nous nous changeons pour le dîner, nous commentons les nouvelles pendant le repas et prenons parti pour les uns ou pour les autres, puis nous oublions tout et parlons d'autre chose. Or aujourd'hui, ces choses, justement, il n'est plus possible de les oublier : aujourd'hui nous vivons les événements en direct, ils nous atteignent jusque dans notre vie quotidienne, même ici, dans cette campagne isolée.” Il regarda le verre qu'il tenait à la main, le porto qui scintillait à la lumière des bougies. “Non, dit-il enfin, il n'y a sans doute pas grand-chose à faire ce soir si ce n'est boire du porto mais il devient de plus en plus difficile de l'apprécier avec insouciance et de demeurer impassible. Les gens de ma génération auront peut-être encore une excuse, il nous sera peut-être permis de finir nos vies en méditant et en sirotant notre porto hors d'âge en contemplant nos jardins, mais ensuite tout cela prendra fin. Votre génération sera happée par ce monde nouveau, vous et vos enfants devrez prendre vos responsabilités et livrer bataille, et vous n'aurez nulle part où vous cacher.

— Peut-être même n'aurons-nous pas d'enfants, papa, dit Robert sur le ton de la plaisanterie. Ce sera peut-être mieux.

— Peut-être bien", acquiesça son père. Il avait cessé de sourire.

"T'attends-tu vraiment à un avenir aussi sombre ?

— Oh oui, à mon avis l'avenir sera extrêmement sombre. Parfois je me sens presque coupable d'avoir pris la responsabilité de mettre des enfants au monde ; mais comment, jeune marié, peu avant la guerre, aurais-je pu deviner une chose pareille ? Nous n'avions aucune raison de douter de la stabilité de nos vies."

Il n'avait pas encore touché à son porto et tout le monde attendait. Soudain il regarda Nikolaas du coin de l'œil :

"Quant à vous, jeune homme, reprit-il d'un ton enjoué comme pour égayer l'atmosphère, vous allez retourner au soleil, dans votre pays neuf, n'est-ce pas, et nous laisser ici dans toute cette misère. Mais vous avez raison – chez vous il ne s'est encore rien passé, pratiquement rien ; vous pouvez partir de zéro. Chez vous la page est encore vierge.

— Y a-t-il encore un peu d'espoir quelque part ? demanda Robert en souriant, forçant son père à se dérider.

— Oh, oui ; pour autant que ce jeune homme et son peuple soient suffisamment raisonnables pour tirer la leçon de nos erreurs et ne pas foncer tête baissée dans la même catastrophe.

— Crois-tu que vous allez réussir, Nick ? demanda Robert.

— Je l'espère.

— Moi aussi, je l'espère, renchérit Chalmers, mais malheureusement, plus j'observe l'être humain, moins je lui fais confiance. L'étroitesse d'esprit, les petits calculs, l'égoïsme sont le plus souvent ses caractéristiques dominantes, et c'est sans doute le cas en Afrique du Sud comme ailleurs. L'homme possède une capacité merveilleuse pour ne rien apprendre, absolument rien. Mais à quoi bon écouter les discours d'un vieillard, vous voulez sans doute rejoindre ces dames." Sans tenir compte de leurs dénégations polies, il se leva : "Allons-y, dit-il en vidant son verre. Le problème, c'est que ce sont des hommes d'une tout autre trempe qui sont au pouvoir aujourd'hui. Ces…" Il chercha les noms. "Ce Franco, cet Hitler. Ce Staline. Ce sont tout sauf des gentlemen", résuma-t-il ; il fut clair qu'il n'en dirait pas davantage.

Chalmers les quitta dans le vestibule. "Entrez donc, vous deux", dit-il ; Nikolaas ouvrit la porte du salon dont les fenêtres, en ce soir d'été, étaient grandes ouvertes ; il aperçut de gros bouquets trônant dans des vases ; les femmes, qui faisaient cercle sur les divans de part et d'autre de la cheminée vide, levèrent les yeux à leur arrivée.

"Nicholas ! s'écria Mme Chalmers derrière la table basse. Vous arrivez à point nommé. Je vais jouer les maîtresses de maison autoritaires et décider ce que doivent faire mes invités. Ce soir, nous allons tous mimer des charades.

— Tu parles sérieusement, maman ? dit Robert d'un air faussement réprobateur.

— Oui, c'est exactement ce qu'il nous faut, nous sommes beaucoup trop sérieux. Et puis cela plaira à ton père : il a besoin de se détendre un peu après la journée mortellement ennuyeuse qu'il a passée à s'occuper de Bower Hall."

Elle fit signe à Nikolaas de prendre place sur la banquette à côté d'elle.

"Vous êtes la personne idéale pour nous aider à choisir des mots, ajouta-t-elle en lui servant du café. Personnellement, je n'ai aucun talent pour ce genre de choses."

Malgré l'apparente mauvaise grâce de Robert, la proposition fut accueillie avec un certain enthousiasme : tout en buvant leur café, ils se mirent à examiner les différentes possibilités et dès qu'ils eurent posé leurs tasses, ils prièrent les domestiques de les aider à déplacer les meubles et à faire de la place. Avec un entrain et une ferveur incroyables, ils traînèrent des valises bourrées de vieux vêtements, arpentèrent la maison en tous sens à la recherche de nappes et de couvre-lits et dénichèrent toutes sortes d'accessoires. Personne ne prêta attention aux réserves de Nikolaas quant à ses talents en la matière ; on l'obligea à se déguiser et l'on accueillit ses tentatives avec force compliments. Mlle Mackintosh campa avec un zèle remarquable et un manque de conviction tout aussi grand une vieille marchande de pommes, et Gerda elle-même, se laissant aller à l'insouciance générale, permit que l'on lui dessinât une moustache sur le visage à l'aide d'un bouchon de liège préalablement brûlé, bien qu'elle ne comprît pas exactement de quoi il retournait. Ce furent toutefois les membres de la famille qui le stupéfièrent par l'énergie qu'ils mirent à entrer dans le jeu ; leurs déguisements étranges se gravèrent dans sa mémoire au point que des années plus tard, il se souvenait encore en riant de leur entrée en scène, transportés de joie, dans le salon où régnait un désordre indescriptible : Helen en pyjama de soie, au port svelte et altier, figurait un noble persan, Robert, un drap jeté sur les épaules et armé d'une épée, un chevalier de l'ordre du Temple, Prudence, maigre et toute en jambes, représentait un balayeur de rues, sa chevelure dissimulée sous une casquette, et enfin Mme Chalmers elle-même, méconnaissable dans un accoutrement de gitane confectionné à partir d'un assemblage hétéroclite de châles de couleurs vives noués ensemble, la tête couverte d'un fichu et portant des boucles d'oreilles en argent, donnait libre cours à ses impulsions, avançait en traînant les pieds, marmonnant et grimaçant, à des années-lumière de la distinction d'une Anglaise d'âge mûr de la bonne société. Tante Elizabeth serait bien étonnée, choquée même, se dit-il en son for intérieur. Ils s'aperçurent soudain qu'il était près de minuit ; Robert reconduisit Mlle Mackintosh chez elle avec la Morris et ils laissèrent aux domestiques le soin de remettre le salon en état. C'était fini.

Le lendemain, après le repas, les jeunes gens se rendirent à pied jusqu'au Hall pour le tournoi de cricket tandis que M. et Mme Chalmers les suivaient dans la Rolls avec les valises contenant les tenues de soirée pour le bal.

Le Hall, situé à un peu moins de deux kilomètres en dehors de la ville, sur la route qui montait à l'assaut de la colline en direction de Glemsford, était une grande maison de style Tudor dont les petites fenêtres étincelaient au soleil. Un valet de chambre les fit entrer, leur fit traverser un vestibule sombre orné de portraits anciens et les conduisit jusqu'à une baie vitrée qui ouvrait sur une terrasse. Devant eux s'étendaient à perte de vue des massifs éclatants, puis le jardin, auquel ils accédèrent par des allées de briques usées par les intempéries en longeant des terrasses en espalier jusqu'à la pelouse où l'on avait aménagé un terrain de cricket, disposé des chaises de toile et monté un auvent sous lequel déambulaient les invités.

Robert et Helen entreprirent de présenter Nikolaas à tous les voisins et connaissances, lesquels le saluèrent avec une indifférence polie ou tournèrent la tête dans sa direction sans le voir avant de reprendre le fil de leurs conversations. Cecily, entourée de jeunes gens, se retourna, lui décocha un sourire radieux puis oublia aussitôt son existence ; pour le reste, il ne vit personne qu'il connaissait. Prudence l'invita à s'asseoir près d'elle et il se dirigea avec gratitude vers l'endroit où elle avait traîné deux chaises, à quelque distance des autres invités.

"En plein air, ils ne sont pas si effrayants, remarqua-t-elle. Mais dans un espace clos, certains sont assez horribles – surtout les cavaliers et les chasseurs. Et à l'intérieur, il n'est pas facile de leur échapper.

— Tu restes pour le bal, ce soir ? demanda-t-il.

— Oui, maman m'a donné l'autorisation. Ce n'est pas vraiment une réception officielle.

— Tu es contente ?"

Elle ne répondit pas tout de suite :

"Je ne sais pas. Au début, j'avais très envie d'y aller mais maintenant je ne sais pas si c'était une si bonne idée."

Son manque d'enthousiasme était manifeste mais les spectateurs avaient déjà pris place et les joueurs firent leur entrée sur le terrain ; penchée en avant, les coudes sur les genoux, elle avait oublié sa présence et suivait intensément le match avec concentration. Robert frappa la balle de sa batte et fut très vite éliminé, ce à quoi elle réagit avec une grande indignation mais sans faire de commentaire et, lorsque incidemment Nikolaas lui posa une question, elle ne l'entendit pas. Il détourna peu à peu son attention des silhouettes qui évoluaient sur l'herbe et le match ne fut bientôt plus dans ses pensées qu'un lointain souvenir ; les cris des joueurs, le bruit de la batte contre la balle et les salves sporadiques d'applaudissements dans les rangs des spectateurs se perdirent dans le bruissement des feuilles et les croassements des corbeaux au-dessus des arbres. Seules les interruptions entre deux manches le rappelaient au monde qui l'entourait ; il suivit Prudence vers la tente où l'on servait les rafraîchissements pour se ravitailler en sandwiches au concombre et en fraises à la crème et se faufila avec elle parmi les invités qui parlaient cricket, poneys et fleurs.

Lorsque enfin la partie arriva à son terme – il n'avait pas bien saisi qui jouait pour le Suffolk et qui jouait pour l'Essex, de sorte que le résultat final lui échappa aussi –, Prudence, assise à ses côtés, s'intéressa de nouveau à lui.

“Viens, dit-elle, je vais te montrer le jardin.

— Et si quelqu'un nous cherche ?

— Ils vont encore rester là indéfiniment à bavarder ; nous avons plusieurs heures devant nous avant d'aller nous changer pour le bal. À moins que tu ne préfères rester avec les autres ?

— Non”, dit-il en lui emboîtant le pas. Ils franchirent une ouverture pratiquée dans la clôture et foulèrent les hautes herbes d'une prairie pour rejoindre la maison qui se dressait au-dessus d'eux avec ses cheminées et ses arbres. Prudence le conduisit par une petite porte à claire-voie jusqu'à un jardin potager et souleva les filets pour dénicher quelques fraises, le front plissé, muette, absorbée dans ses pensées, de sorte qu'elle dut presque se faire violence pour se retourner vers lui et lui indiquer des fraises ou des groseilles à maquereau bien mûres. Elle l'entraîna ensuite vers le versant de la colline, le fit passer par une imposante clôture aux pieux couronnés de cerfs sculptés qui se profilaient dans la lumière du soleil couchant et s'immobilisa. "Regarde, dit-elle, c'est sir Edmund. Viens, on va aller lui parler."

Ils virent à quelque distance de là un vieil homme vêtu de blanc aux habits froissés qui errait parmi les massifs, une canne à la main.

"Tu ne crois pas qu'on va le déranger ? demanda Nikolaas.

— Non, il est gentil comme tout. Quand il y a du monde chez lui, comme aujourd'hui, il est un peu nerveux, c'est tout."

Comme elle s'avançait déjà vers lui, Nikolaas ne put que la suivre.

"Bonjour, jeune dame", dit sir Edmund, comme si leur soudaine irruption était la chose la plus normale du monde ; il salua Nikolaas d'un signe de tête bienveillant et ajouta : "Je suis venu voir à quoi ressemblait le jardin.

— Quel calme, ici ! remarqua Prudence.

— Oui, maintenant qu'Emmeline et les filles sont là, la maison va être envahie." Il enfonça sa canne dans la terre de l'un des massifs. "Ils commencent à manquer d'eau, dit-il. Il va falloir arroser.

— Vous vous intéressez beaucoup au jardinage ? demanda Nikolaas.

— Énormément !” répondit sir Edmund. De toute évidence, il n'avait pas la moindre idée de ce que ce jeune homme inconnu faisait là, mais le fait qu'il fût avec Prudence était un gage d'acceptation. “J'ai eu tout le temps du monde à y consacrer pendant que ma famille était absente. Nous avons fermé la maison et j'ai dormi sur un lit de camp dans mon bureau : j'ai passé des journées entières à lire tous les vieux livres que j'avais presque oubliés et à me promener dans la propriété. Je connais maintenant à nouveau chaque champ, chaque cours d'eau, chaque forêt dans les moindres recoins – on oublie, on oublie. Et le jardin…” Il fit quelques pas en leur compagnie en s'appuyant sur sa canne. “Nous avons refait toute la rocaille, ajouta-t-il. Vous auriez dû venir au printemps : il y avait du thym, des couronnes impériales, toutes sortes de petits narcisses et de jonquilles… Et les cerisiers, cette année, quelle merveille !

— Au printemps, dit Prudence, j'étais encore à l'internat.

— Vous savez, nos cerisiers donnent énormément de fruits, et il y a dans ce jardin des mûriers centenaires. J'ai même recommencé à planter quelques arbres : quatre sortes de buddleias et un magnolia. Planter des arbres est pour moi la quintessence même du jardinage. Vous ne trouvez pas ?”

Rejetant la tête en arrière, il posa ses yeux bleu pâle sur Nikolaas, mais la question était manifestement rhétorique.

Arrivés en haut des escaliers, ils s'arrêtèrent entre deux urnes et contemplèrent les terrasses qui s'étageaient en direction des pâturages et des bosquets.

“Tout en bas, j’aimerais planter une allée de chênes, dit sir Edmund d’un air songeur. Moi-même je n’en profiterai pas, je ne ferai que planter les jeunes arbres, mais mes petits-enfants et mes arrière-petits-enfants, eux, pourront s’asseoir à l’ombre de ces chênes. Ainsi, du moins, aurai-je fait quelque chose pour mes descendants, quelque chose qui fera qu’ils se souviendront de moi avec reconnaissance. Ce n’est pas le pire cadeau que je puisse leur faire, n’est-ce pas ?”

Ils gardèrent un instant le silence mais leur intimité fut vite troublée par un gazouillis, un peu plus haut dans le jardin : c’était un petit groupe de dames auxquelles lady Emmeline venait faire admirer les roses. Elle fronça tout d’abord les sourcils en apercevant Nikolaas, indignée par la présence d’un inconnu, puis elle sembla se rappeler qui il était et son agacement disparut si vite qu’il eut à peine le temps de s’en apercevoir : d’un ton impératif, elle intima d’une voix aiguë à son mari d’approcher. Sir Edmund s’éloigna d’un pas traînant pour aller bavarder avec ses invitées et Nikolaas, désormais inclus dans le petit groupe, se joignit à eux. Lorsqu’il se retourna, il constata que Prudence avait disparu.

La lumière vaporeuse et dorée du crépuscule dardait ses rayons à l’intérieur de la maison, jetant des reflets sur les boiseries. La plupart des spectateurs qui avaient assisté au match de cricket étaient partis et seuls restaient ceux qui étaient invités au bal. L’on entendait le son d’un piano et des rires, des talons aiguilles claquaient dans les escaliers et des voix surexcitées résonnaient dans les chambres – les invités étaient pour la plupart de jeunes gens, des amis de l’âge d’Eleanor et de Cecily. Nikolaas déambula dans la maison, passa devant des armures, des portraits de famille et des tapisseries, s'attarda devant des livres reliés en vélin, des parchemins et des photographies de membres de la famille royale dans des cadres, captant de temps à autre les conversations des petits groupes qui se formaient dans les différentes pièces pour se dissoudre tout aussi vite. On lui posa quelques questions par politesse, on écouta ses réponses, puis ses interlocuteurs se perdirent dans la foule.

"Vous étiez sans doute à Berlin pour les Jeux olympiques, lui dit une jeune fille au long visage sombre et austère. Je suis folle de Jesse Owens." De toute évidence, elle pensait qu'il était allemand, comme Gerda. "Et aussi de Paul Robeson. Vous l'avez sûrement vu dans *Othello*."

Dans un bow-window, un petit groupe parlait de l'Allemagne : quelqu'un rentrait justement d'une randonnée dans les Alpes bavaroises.

"J'ai entendu dire qu'ils ont interdit tant de films qu'il n'y en a plus assez pour justifier l'ouverture des cinémas, dit une jeune fille en gloussant. C'est amusant, non ?"

Tous éclatèrent de rire et se mirent à échanger leurs projets pour l'été. Gerda ne participait pas à leur conversation ; elle était assise sur le rebord de la fenêtre, la tête légèrement tournée de côté ; sa chevelure chatoyait dans le soleil couchant et son profil grave se détachait sur le bois foncé des lambris.

Le soleil brillait encore faiblement à travers les arbres lorsqu'on leur indiqua les chambres afin qu'ils puissent se changer pour le bal ; les vêtements qu'ils avaient apportés étaient déjà préparés. Dans celle que Robert et lui partageaient, au plancher de larges lattes de chêne, trônait un lit à baldaquin très haut, à l'ancienne : Robert, loquace et plein d'enthousiasme, s'était assis près de Nikolaas qui luttait avec son bouton de col, et lui livrait ses commentaires sur le match de cricket, la maison et les invités. Seul le nom de Cecily ne fut pas mentionné mais Nikolaas comprit très vite que Robert mourait d'envie de parler d'elle et qu'elle était en passe de devenir son unique sujet de conversation.

"As-tu déjà eu l'occasion de faire connaissance avec quelqu'un de la famille ?" s'enquit Robert incidemment.

Lorsqu'il était arrivé, elle l'avait gratifié d'un sourire puis s'était promptement détournée, son attention entièrement accaparée par les jeunes gens pleins d'entrain qui l'entouraient ; il ne l'avait plus revue depuis. Robert serait déçu, songea-t-il ; comme il nouait sa cravate, il vit derrière lui dans la glace le visage de Robert qui attendait sa réponse.

"Prudence et moi, nous avons rencontré sir Edmund", dit-il alors. Il se demanda si sa cravate était correctement nouée et hésita à demander à Robert de l'aider. "Il nous a parlé du jardin."

Robert se leva :

"Le jardin ! C'est la seule chose qui l'intéresse encore. Je ne suis même pas sûr qu'il soit heureux que sa famille soit de retour.

— Il nous a expliqué qu'il allait planter une allée d'arbres pour ses petits-enfants et ses arrière-petits-enfants, afin qu'un jour ils puissent s'y asseoir à l'ombre."

Ça devrait aller, se dit-il en enfilant sa veste ; il se rendit compte qu'il n'avait que trop traîné. Sous la fenêtre, des jeunes gens en tenue de soirée faisaient déjà les cent pas sur la terrasse. Le jour commençait à décliner, les fenêtres éclairées brillaient comme de l'or dans l'obscurité et les papillons de nuit se heurtaient aux vitres. Quelque part dans la maison, un orchestre commença à jouer.

Robert s'appuya contre le châssis de la fenêtre et contempla le paysage.

“Et si l'on n'a pas de descendance ? dit-il. Pour qui alors planter des arbres ? Dans quel but ?”

Nikolaas, qui ne parvenait pas à comprendre ce brusque changement d'humeur, crut un instant qu'il voulait plaisanter, mais il ne vit aucun sourire sur le visage de Robert.

“Tu penses à ce qu'a dit ton père hier soir ?

— Pas vraiment ; ce dont il a parlé, ce sont des questions que je me pose moi-même depuis longtemps. Chaque fois que je reviens à la maison – avant, c'était quand je rentrais de l'école et maintenant, de l'université –, je me demande combien de temps encore durera cette vie champêtre immuable avec ses fermes, ses villages, ses domaines, ses forêts, ses matchs de cricket, ses bals et ses garden-parties. Chaque fois, c'est pour moi une surprise de constater que tout cela continue.

— Et que penses-tu qu'il va arriver ?”

Robert réfléchit longtemps avant de répondre ; le dos tourné à Nikolaas, il regardait droit devant lui.

“En fait, je m'attends à une nouvelle guerre – comme nous tous, n'est-ce pas ? Après tout, notre génération a été élevée dans l'idée qu'il fallait s'attendre au pire. Papa a raison – le vieux n'est pas du tout insensible, même s'il ressemble à l'archétype du vieux propriétaire terrien. Cette fois, nous autres, en Angleterre, ne serons pas seulement touchés indirectement par la guerre : nous l'éprouverons dans notre chair, comme c'est le cas en Espagne aujourd'hui."

Des jeunes filles riaient sur la terrasse ; quelqu'un ouvrit une fenêtre et appela, des pas se firent entendre dans le couloir. "Même s'il n'y a pas de guerre, poursuivit Robert, les choses changeront ; l'existence immuable que mes parents ont connue appartient au passé et moi-même, je suis né trop tard pour en avoir connu toute la splendeur. Elle est perdue, irrémédiablement condamnée, comme Tyr et Ninive.

— Cela te fait peur ? demanda Nikolaas."

Robert réfléchit un instant. "Non, dit-il, je ne crois pas.

— Moi, cela me ferait peur, un tel saut dans l'inconnu.

— On peut le voir aussi comme un défi, une aventure ; l'idée de vivre cette aventure me remplit de courage."

Quelqu'un frappa à la porte en passant dans le couloir et leur demanda s'ils étaient prêts.

"Nous arrivons !" cria Robert. En haut de l'escalier, comme ils s'apprêtaient à descendre, Robert posa sa main sur le bras de Nikolaas ; tous deux demeurèrent un instant immobiles et contemplèrent le grand vestibule que l'on avait entièrement vidé pour en faire une salle de bal, les jeunes filles en robes claires, les allées et venues des domestiques, les danseurs et les fleurs. "Observe bien, Nick, pendant que tu es chez nous. Regarde autour de toi, reprit Robert, observe. Ensuite tu fixeras tout ce que tu as vu dans tes souvenirs et tu le garderas intact longtemps après que tout cela aura cessé d'exister.

— Et vous alors, ici ?

— Nous ? Nous survivrons comme nous pourrons.” Ils descendirent les marches et se dirigèrent vers les invités, vers les voix et la musique. “Vois-tu, ajouta-t-il soudain, de nous tous, c'est Prudence la plus courageuse. Nous autres, nous nous adapterons d'une manière ou d'une autre, tant bien que mal ; mais elle, elle survivra.”

Une jeune fille qui passait devant eux le prit par la main et l'entraîna en souriant parmi la foule de ses amis, ses pairs, ses contemporains.

Pour Nikolaas, les gens qui avaient peu à peu investi la maison étaient des visages qu'il était encore incapable d'associer aux noms et aux prénoms qu'il avait entendus tout l'après-midi – Reggie, Algy et Bunty, Toggles, Boodle et Flags. Helen eut pitié de lui, l'invita à danser puis le laissa en compagnie d'une de ses amies d'école, une jeune fille rousse qu'il eut le plus grand mal à conduire jusque sur la piste de danse au rythme d'un fox-trot et qu'il abandonna dès qu'il en eut la possibilité. Il aurait certes pu inviter Cecily, mais elle était en permanence entourée d'hommes parmi lesquels il reconnut Robert, ou bien Eleanor, nettement moins populaire que sa sœur ; il aurait aussi pu inviter Gerda, mais il l'aperçut dans les bras d'un jeune homme de haute taille avec lequel elle bavardait avec animation tout en dansant, très droite et pleine d'assurance dans sa robe blanche ; tout son courage s'évanouit. Il sortit sur la terrasse, s'assit sur le petit mur que recouvrait peu à peu la pénombre croissante et regarda les danseurs qui évoluaient devant les fenêtres illuminées au son de la musique.

Ce ne fut qu'à l'annonce de l'ouverture du buffet qu'il rejoignit le gros des invités qui se pressaient en nombre autour des tables ; tenant en équilibre une coupe de champagne dans une main et son assiette dans l'autre au milieu de la foule, il chercha un endroit pour s'asseoir. Derrière un rideau drapé, à l'ombre d'un escalier, une tache claire attira son attention : Prudence, assise sur les marches, buvait du champagne.

"Tu permets que je m'asseye à côté de toi ?" Elle ne répondit pas mais s'écarta pour lui faire de la place. "Pourquoi restes-tu ici toute seule ?

— Parce que je ne veux pas qu'on me voie. Je ne suis pas censée boire de l'alcool.

— Tu aimes ça ?

— Je ne sais pas. Je n'ai pas encore décidé.

— Et tu t'amuses, au moins ?"

Elle finit son champagne à petites gorgées, comme à contrecœur, et garda sa coupe vide à la main.

"Je ne suis pas à ma place ici, dit-elle.

— Pourtant, tu avais tellement envie de venir !

— On a toujours peur de rater quelque chose. Mais ce n'est pas dans des endroits comme celui-ci que se produisent les vrais événements, les choses réellement importantes.

— Tu as dansé ?

— Qui donc voudrait m'inviter, à part peut-être un des amis de Bob et encore, par pitié ? De toute façon, je danse mal. Et puis je n'aime pas vraiment ça.

— Comment feras-tu à l'ouverture de la saison, à Londres, quand ton tour viendra ?

— Il n'y aura pas de saison à Londres, pas pour moi en tout cas. D'ici là, nous aurons l'esprit occupé ailleurs.

— Tu veux vraiment aller conduire un camion en Espagne ?" demanda-t-il en souriant.

Elle ne jugea pas utile de répondre.

"Allons, dit-il pour la consoler, goûte au moins les meringues, ce soir.

— Comme si le cuisinier des Fairfield connaissait quoi que ce soit aux meringues ! Lady Emmeline les a commandées à Sudbury."

Il ne trouva rien à répondre et ils restèrent assis en silence pendant qu'elle goûtait sans grand enthousiasme la glace et les meringues qu'elle avait empilées sur son assiette. Dans le couloir, les invités se dirigeaient vers les tables du buffet sans faire attention à eux, derrière le rideau de l'escalier de service. Des bribes de conversations animées leur parvenaient : "… merveilleux, je ne trouve pas les mots…", "… jamais de la vie : vraiment, Tommy, tu es abominable…", "tout simplement à mourir de rire…" Puis le calme revint et ils entendirent deux dames d'un certain âge qui passaient lentement à côté d'eux dans le couloir : "… des gens absolument incroyables", disait l'une d'un ton poli mais désapprobateur. "Je crois que les Chalmers ont aussi amené quelqu'un des colonies." Son interlocutrice se mit à rire. "C'est d'un ennui ! Mais les Chalmers sont connus pour recueillir toutes sortes de paumés. C'est leur vocation en ce bas monde."

Au bout d'un moment, Prudence posa son assiette sur la marche à côté d'elle.

"Veux-tu que j'aille te chercher autre chose ? proposa Nikolaas.

— Non, merci, dit-elle timidement. Je les hais, ajouta-t-elle, toujours à mi-voix. J'ai tort, je n'ai pas le droit de les haïr, mais je ne trouve pas d'autre mot pour exprimer ce que je pense d'eux.

— Pourtant, ces gens sont du même monde que toi.

— Non, ce n'est pas vrai. Ce n'est pas parce qu'on est né par hasard dans un certain milieu qu'on en fait partie : les gens qui sont du même monde que soi, ce sont ceux que l'on choisit parce qu'ils ressentent les mêmes choses, partagent les mêmes valeurs. Rien à voir avec cette Mme Cheyney, cette vieille lady Templeton. Non, vraiment, rien à voir."

Ils entendirent au loin le son de l'orchestre qui avait recommencé à jouer.

"Tu n'es pas obligé de me tenir compagnie, dit Prudence.

— Je n'ai pas envie de faire autre chose.

— Tu trouveras toujours des filles avec lesquelles danser si tu les invites. Cette pauvre Eleanor serait folle de joie. Si tu restes ici avec moi, tu es sûr de faire tapisserie le reste de la soirée, tout comme moi." Elle se leva. "Je vais faire semblant d'avoir sommeil et aller rejoindre maman et lady Emmeline dans le salon de porcelaine", dit-elle en le quittant, polie mais décidée.

Il demeura un moment sur les marches à l'abri des regards mais un jeune couple en quête d'intimité faillit le heurter en trébuchant ; il marmonna un mot d'excuse et s'éloigna. Dans la salle de bal, les danseurs exécutaient inlassablement des pas de deux, s'asseyaient pour bavarder à côté de la galerie et sur les marches du grand escalier, de sorte qu'il finit par se réfugier dans la bibliothèque, où il admira les livres et les in-folios du XVIIIe siècle jusqu'au moment où Robert vint le prévenir qu'ils allaient partir. Soulagé, il rejoignit le petit groupe qui s'était rassemblé dans le vestibule pour prendre congé des Fairfield.

"Je suis si contente que vous soyez venu, lui dit Cecily avec un grand sourire. J'espère vous revoir souvent pendant votre séjour."

Les jeunes gens avaient décidé de rentrer à pied. À peine eurent-ils franchi le grand portail du Hall que la Rolls les dépassa ; ils entrevirent le gant blanc de Mme Chalmers qui leur faisait signe derrière la vitre, puis la voiture disparut. Les champs et les clôtures étaient paisibles sous le clair de lune ; il vit les reflets chatoyants des robes en soie que tenaient relevées, pour les protéger de la poussière de la route, les jeunes filles qui marchaient devant eux en compagnie de Robert ; Prudence et lui fermaient la marche dans un silence complice. Il aperçut en contrebas, dans la vallée, les maisons du village et en éprouva une sorte de soulagement, comme s'il était sorti vainqueur de quelque épreuve inéluctable et avait acquis quelque sagesse nouvelle ; mais il ne savait pas encore laquelle.

Ils marchèrent tous les cinq jusqu'à Clare en empruntant le sentier qui épousait les méandres de la rivière. Ils progressaient sans hâte, par petits groupes de deux ou trois, puis se séparaient à nouveau : ses compagnons se perdirent parmi les arbres, invisibles entre les troncs argentés des bouleaux, dissimulés derrière les longues branches tombantes des saules ; il n'entendait plus que le rire d'Helen, les cris de Prudence et les appels de Robert qui se rapprochaient de lui en flottant dans la chaleur. Il s'en souviendrait longtemps, tout comme il se souviendrait de l'éclat de leurs vêtements aux couleurs vives entre les arbres sur le sentier envahi par la végétation, des iris dorés qui l'aveuglaient dans la lumière du soleil le long de l'eau qui scintillait, et de Prudence qui tressait des couronnes de boutons d'or que les jeunes filles attacheraient à leurs chapeaux.

Quittant vergers et pâturages, ils débouchèrent dans le village avec ses petites boutiques et ses jardins d'agrément, firent une halte sur la place du marché et devant la croix érigée en mémoire des soldats tombés lors de la Grande Guerre, déambulèrent dans l'église datant du Moyen Âge pour lire les inscriptions funéraires sur les tombes, contemplèrent les crépis des vieilles maisons, prirent le thé dans un salon doté d'un plafond aux poutres apparentes, achetèrent quelques cartes postales illustrées et des pommes et rentrèrent sans se presser en suivant les courbes du sentier. La journée était une parfaite réussite, songea-t-il en lui-même ; il fut soudain pris d'angoisse à la pensée qu'il en serait ainsi tout le temps de son séjour puis que tout cela prendrait fin, que les vacances et l'été s'achèveraient et qu'il lui faudrait alors revenir à la réalité.

Prudence, qui avait ôté ses chaussures, courait pieds nus dans l'herbe haute ; Robert, devant elle, en manches de chemise, riait aux éclats, ses cheveux brillant au soleil. Il se retrouva seul avec Gerda car Helen, qui s'était esquivée sans rien dire, déambulait au bord de l'eau, inaccessible, laissant traîner dans l'eau une branche qu'elle avait ramassée.

"Helen n'est plus des nôtres, fit remarquer Gerda.

— Pensez-vous qu'elle soit fâchée ?"

Gerda sourit :

“Enfin, voyons, c’est le week-end où elle va dans la famille de John ! Elle part cet après-midi pour Bury ; ses valises sont déjà prêtes. N’avez-vous donc jamais été amoureux ? ajouta-t-elle, amusée. Ou bien vivez-vous en totale autarcie ?”

Son ton était trop léger pour appeler une réponse : comme elle le dépassait sur l’étroit sentier, il regarda Helen qui flânait au bord de la rivière dans un recueillement total, son visage dissimulé par le large bord de son chapeau qu’ornait une couronne de fleurs.

Le cercle s’élargit, les rattrapa un à un et se referma sur eux ; l’un après l’autre ils firent silence, traversant tous ensemble sans mot dire les taches de soleil et les ombres flottantes de cette matinée d’été comme si, tout ayant déjà été dit, la moindre parole supplémentaire eût gâché la perfection de la journée. Même lorsqu’ils furent arrivés devant la maison, personne n’essaya de troubler cet aimable silence par des conversations ou des plaisanteries : tous s’assirent tranquillement dans le jardin en attendant l’heure du déjeuner.

Lorsqu’ils pénétrèrent dans la salle à manger, Nikolaas vit les valises d’Helen dans le vestibule ; à table, le souvenir de John lui revint en mémoire, comme si ce dernier s’était immiscé parmi eux tel un intrus.

“Il faudrait vraiment que nous le réinvitions pour le week-end, dit Mme Chalmers. Il va finir par croire qu’il n’est plus le bienvenu chez nous.

— Ce serait trop beau, malheureusement, lâcha Prudence presque machinalement.

— Voilà des mois que nous n’avons plus vu sa tante ni son oncle, il faut absolument que nous organisions quelque chose. Peut-être la semaine prochaine…”

Elle réfléchit et tenta en vain d'intéresser son mari et Helen à ses projets.

"Vous avez quelque chose de prévu pour la fin de semaine ? demanda Robert à Helen.

— Demain soir, j'ai un dîner en famille, et samedi un bal chez les Wetherby. Ce soir, nous allons au cinéma.

— Qu'est-ce que vous allez voir ? demanda Prudence, une étincelle dans le regard.

— *L'Invincible Armada.*

— Pauvre John ! Je suis sûr qu'il aurait préféré aller voir Jessie Matthews.

— Je me demandais si nous ne pourrions pas aller faire un tour à Newmarket, samedi, proposa Robert. Nous pourrions nous retrouver tous là-bas – du moins si Gerda et Nick s'intéressent aux courses de chevaux.

— Samedi, dit Gerda, je ne serai plus là. Les Dudley ont dit qu'ils enverraient la voiture me chercher samedi matin.

— Seigneur ! s'exclama Chalmers, Newmarket ! Je ne me souviens même plus de la dernière fois que j'y suis allé !

— Tu vas directement en Écosse ? demanda Mme Chalmers.

— Non, nous partons tous ensemble lundi par le train de nuit.

— Je me demande bien pourquoi nous ne voyons plus les Dudley – Jennifer a pourtant été présentée à la Cour un an avant Helen. C'est étrange que nous ne les ayons pas rencontrés à Londres."

La conversation suivit son rythme autour de la table comme à l'accoutumée, s'interrompit, puis repartit de plus belle ; Helen contemplait la table et faisait tourner sa bague autour de son doigt en souriant toute seule, sans prendre part à la conversation.

La Rolls attendait dehors ; Prudence s'était lancée dans une conversation technique avec le chauffeur. Chalmers se renseigna sur la distance puis se dirigea en traînant les pieds vers son bureau pour y faire la sieste ; Gerda, assise sur un banc dans le vestibule, feuilletait *Country Life*. Helen, coiffée d'un chapeau à voilette, descendit l'escalier, sa boîte à bijoux à la main. Nikolaas, qui attendait dans le vestibule, leva les yeux vers elle mais elle passa sans le voir : elle serra Gerda dans ses bras pour lui dire adieu, caressa la tête de Prudence et monta dans la voiture ; le chauffeur claqua la porte derrière elle, les pneus crissèrent sur le gravier et la Rolls disparut derrière la clôture.

Sur la terrasse, Mme Chalmers, armée d'un chapeau, de gants et d'un panier à outils, se préparait à passer l'après-midi au jardin.

“Elle est partie ? demanda-t-elle. Il fait une de ces chaleurs ! Je vais commencer à l'ombre. Où diable est encore passé le jeune Patrick ?” Tout en se dirigeant vers les marches elle se retourna : “Et vous, Nicholas, qu'avez-vous prévu cet après-midi ?

— Je crois que je vais lire un peu, madame.”

Au jardin, tout était prêt : les chaises longues, les couvertures de voyage étalées sur l'herbe, les livres. Depuis la maison leur parvenait le son du piano : c'était Prudence qui s'exerçait à jouer des valses de Schubert ; son jeu était inégal mais elle jouait avec passion.

“Pourvu qu'elle ne réveille pas son père”, dit Mme Chalmers dans un soupir ; elle tendit l'oreille et fronça les sourcils en entendant un faux accord.

De l'autre côté de l'étang, les silhouettes de Gerda et de Robert, jeunes et minces dans leurs vêtements d'été, absorbés par à leur conversation, se reflétaient à la surface de l'eau.

"Ils vont bien ensemble, dit Mme Chalmers en soupirant. Nous avons déjà perdu Helen et bientôt, sans doute, ce sera le tour de Robert – il n'y en a plus pour très longtemps. Ensuite viendront les petits-enfants, le commencement d'une vie nouvelle. La maison et le jardin se rempliront à nouveau d'enfants."

Debout à ses côtés, il regarda les deux jeunes gens qui faisaient les cent pas le long de l'étang, têtes courbées. "J'étais jeune mariée lorsque la guerre a éclaté, reprit Mme Chalmers. J'ai vu disparaître toute une génération, la mienne – tous les jeunes hommes avec lesquels j'avais dansé à Londres ou chez qui je passais le week-end dans des manoirs à la campagne, tous mes frères et leurs camarades d'université. L'été, quand j'allais avec les enfants rendre visite à mes parents, nous entendions toute la journée le son des canons, de l'autre côté de la Manche – lorsque nous nous promenions dans le jardin, ou bien à table, le crépitement des armes accompagnait nos conversations. Le souvenir de ces destructions, de ces jeunes hommes dans les salles de bal et sur les courts de tennis, tous fauchés les uns après les autres, me hante jusqu'à aujourd'hui. C'est à cette époque que j'ai compris à quel point la guerre était un désastre auquel il convenait de s'opposer de toutes ses forces. C'est aussi la raison pour laquelle je m'accroche à ce qui me reste, à Helen et à John, qui sont si heureux ensemble, et à Robert, si plein de jeunesse, de courage et de promesses pour l'avenir. Tout cela est tellement, tellement précieux."

Elle s'interrompit un instant, puis ramassa son panier et s'éloigna, mince silhouette rectiligne qu'avala bientôt l'ombre des arbres. Il demeura sur la terrasse à écouter Prudence jouer du piano, remarqua que le toucher se faisait plus ferme, le rythme plus assuré, puis il regagna l'endroit où il avait laissé sa chaise et son livre avant le déjeuner. Le silence du jardin l'enveloppa ; de là où il était assis, il n'entendait plus la musique. Le vent bruissait entre les arbres et faisait voleter les pages de son livre tandis qu'au loin, dans la torpeur de l'après-midi, se fit entendre le ronronnement d'un avion.

Gerda traversa la pelouse, vint vers lui et s'assit sur la couverture à côté de sa chaise. Ces gestes simples pour lesquels elle n'avait ni l'agilité ni la grâce nécessaires ne lui étaient pas familiers, mais son assurance naturelle faisait qu'elle ne semblait pas gênée le moins du monde.

"De quoi parliez-vous si sérieusement, avec Robert ? demanda-t-il.

— De politique. J'ai eu des nouvelles d'Allemagne aujourd'hui.

— De mauvaises nouvelles ?

— Ils ont à nouveau arrêté des pasteurs. Dont certains que nous connaissons personnellement.

— Ils arrêtent vraiment des pasteurs ?

— Depuis que les nazis ont pris le pouvoir, plus de cinq cents pasteurs ont été envoyés dans des camps." De toute évidence, elle ne souhaitait pas s'appesantir sur ce sujet. "Prudence s'est remise à jouer Schubert, dit-elle alors. C'est un signe qu'elle a des problèmes, elle cherche toujours refuge dans son piano. Les Anglais ne sont pas un peuple très musicien.

— Je croyais que les Chalmers aimaient beaucoup la musique.

— Ils l'aiment et ils la connaissent, mais ce ne sont pas de grands musiciens. Je me réjouis d'aller au concert, demain soir, et vous ? demanda-t-elle soudain.

— Oh, j'avais oublié. Mais ce sera sûrement intéressant.

— J'ai besoin de musique. La musique me manque beaucoup."

Elle se tut : perdue dans ses pensées, tête penchée, elle feuilleta un livre posé par terre. Il se cala sur sa chaise, ferma les yeux à demi ; le ronronnement de l'avion, de l'autre côté des arbres, résonna soudain plus fort et il sursauta lorsqu'elle se mit à lire à voix haute des passages du livre qu'elle tenait en main.

"« Les grosses gouttes qui coulaient par-dessous la couronne ressemblaient à des grains de plomb sortant des veines. Leur couleur était rouge brun, car le sang était très épais. En s'élargissant, elles devenaient rouge vif. Lorsqu'elles atteignaient les sourcils, elles se dissipaient. Le saignement continua pourtant jusqu'à ce que j'eusse vu et compris beaucoup de choses. Beauté et apparence de vie persistèrent. Le ruissellement de sang faisait penser aux gouttes d'eau qui tombent des toits des maisons, après une forte averse, si drues que nulle intelligence humaine ne peut les compter. Leur rondeur rappelait, en s'étalant sur le front, les écailles de hareng. Ces trois réalités me vinrent à l'esprit : de petits grains, à cause de la rondeur des gouttes de sang qui ruisselaient ; des écailles de poisson, en raison de la forme ronde qu'elles prenaient, en s'étalant ; des gouttes d'eau, tombant des toits, car, dans leur surabondance, elles étaient impossibles à compter*. »

— Qu'est-ce que c'est ? demanda-t-il sans comprendre.

— Quelqu'un qui a eu une vision du Christ en croix – c'est un livre que Prudence emporte partout où elle va, sa lecture spirituelle, comme elle dit. C'est une enfant bizarre. Elle sort de l'ordinaire.

— Quels sont ces problèmes qui font qu'elle joue du Schubert, aujourd'hui ?

— Je ne sais pas. Des problèmes avec l'époque, je suppose – propres à son âge, ou en rapport avec les temps dans lesquels nous vivons."

Reposant le livre, elle s'allongea sur la couverture, les bras au-dessus de la tête, le visage tourné vers le ciel et les yeux fermés. Pour ces gestes-là non plus elle n'avait ni la souplesse ni la spontanéité nécessaires, mais elle se mouvait avec lenteur et il émanait d'elle une certaine dignité ; totalement indifférente à l'impression qu'elle faisait, elle demeura immobile cependant que l'avion, au-dessus de la cime des arbres, se rapprochait en vrombissant, tel un insecte importun dans la torpeur du jour.

"Belle journée, n'est-ce pas ? Tôt ce matin, déjà. Parfois, certains jours, tout est en parfait équilibre, la tristesse et la joie, les adieux et les rencontres – des jours où tous les désirs sont comblés. Vous ne trouvez pas ?

— Si", répondit-il. Ils gardèrent le silence un long moment. "J'aimerais que ce soit toujours comme cela.

* Julienne de Norwich, *Le Livre des révélations*, présentation et traduction du moyen anglais par Roland Maisonneuve, Éditions du Cerf, Paris, 1992, 2007. *(N.d.T.)*

— Vraiment ? Elle eut l'air étonné. Que tout reste immobile, prisonnier de la perfection, sous le soleil de l'été… ? Non, la vie doit continuer." Elle se redressa soudain et, d'un mouvement rapide de la main, remit de l'ordre dans ses cheveux. "Il y aura la guerre, dit-elle. Nous vivons peut-être notre dernier été de paix.

— Mme Chalmers me parlait justement de la guerre, à l'instant. Elle disait que c'était mal et qu'il fallait s'y opposer de toutes ses forces.

— Elle a raison, mais les pays d'Europe vont tout de même être entraînés dans une guerre, et nous tous avec eux. À moins que vous n'ayez encore des doutes ?

— On peut sûrement l'éviter, si l'on en a la volonté.

— Cela se décidera sans nous et une fois la machine lancée, l'enthousiasme viendra tout seul.

— Bien des choses peuvent encore arriver d'ici-là, ce n'est pas une fatalité.

— Je ne crois pas. Je crois au contraire que c'est inéluctable : c'est juste une question de temps. Tout ce que nous pouvons faire, maintenant, c'est attendre, voir ce qui va arriver et décider de ce qu'il y a lieu de faire."

Elle fixa l'horizon. L'avion s'était éloigné, à peine visible encore entre les arbres, et le vrombissement du moteur se perdit dans le lointain : de nouveau la paix les enveloppa et les feuilles bruissèrent sous l'effet du vent qui faisait tourner les pages de son livre.

La salle du petit-déjeuner était déserte : Chalmers avait sans doute déjà mangé et personne d'autre n'était encore arrivé. Sur le buffet, les petites flammes du réchaud à alcool grésillaient.

"Oh, Nicholas, c'est vous ? demanda Mme Chalmers en traversant le salon. Hier, Helen s'est servie de mon carnet d'adresses et je n'arrive pas à remettre la main dessus.

— Puis-je vous aider à le chercher, madame ?" demanda-t-il, mais déjà elle avait disparu ; tout en se servant, il l'entendit parler de cette voix aiguë et claire qu'elle avait toujours au téléphone. "Est-ce que lady Tyrrell est réveillée ? Dites-lui que je dois lui parler. C'est urgent."

Un silence étrange régnait dans la pièce et il fut soulagé de voir Prudence entrer par la terrasse ; elle prit lentement place en face de lui, sans même lui dire bonjour.

"Quelque chose ne va pas ? demanda-t-il.

— Tu n'es pas au courant ?

— Non, tout ce que je sais, c'est que ta mère est contrariée.

— Oh, ça, dit-elle avec impatience. C'est encore une de ses crises. Bilbao est tombée, annonça-t-elle.

— Ah oui, dit-il. L'Espagne." Au ton de sa voix et à la manière dont elle s'était assise en face de lui, il comprit qu'elle s'était attendue à une réaction plus vive de sa part. "Je n'ai pas encore lu le journal.

— J'ai entendu la nouvelle à la radio : je m'étais levée tôt pour aller au culte et je suis allée écouter les informations dans le bureau."

"Allô ! lança Mme Chalmers avec une énergie nouvelle depuis le salon voisin en faisant tinter le téléphone sur son support. Allô, la centrale ?"

Prudence se leva en hâte, ferma la porte de communication et revint s'asseoir en face de lui, les coudes sur la table ; son air sombre et silencieux finit par le mettre mal à l'aise.

"Un peu de café ?" proposa-t-il. Elle se contenta de secouer la tête.

"Je ne veux rien manger, dit-elle. Je suis incapable de penser à quoi que ce soit d'autre qu'à ce sinistre Franco et ses avions allemands.

— Que comptes-tu faire ?

— Je ne sais pas, dit-elle, profondément malheureuse. Ce matin, au temple, j'ai prié, enfin, j'ai essayé, mais j'ai l'impression que cela ne suffit pas.

— Bonjour, Nick, dit Robert qui venait d'entrer dans la pièce. Tu es bien matinal aujourd'hui.

— Bilbao est tombée", dit Prudence.

Robert se figea, le temps de digérer la nouvelle, mais sa mère revint avant qu'il ait pu ouvrir la bouche.

"Ces misérables de Haverhill ont appelé, lui dit-elle très vite en guise de salutation ; ils ont pris une double réservation et nous ne pourrons pas avoir la salle pour notre vente de charité. Quand je pense à tout ce que nous avons déjà organisé pour la semaine prochaine ! Je ne sais vraiment pas ce que nous allons faire. Une chose est sûre, je vais porter plainte." Elle s'apprêtait à sortir mais se ravisa soudain : "Au fait, Robert, je voulais te dire qu'Emmeline aussi a téléphoné mais j'avais l'esprit ailleurs avec toute cette histoire, elle voulait savoir si tu peux dîner chez eux ce soir – ils ont des invités pour le week-end et Algy Stewart-Stevens a un empêchement, il leur manque quelqu'un."

Le visage de Robert, qui s'était éclairé un court instant, s'assombrit aussitôt.

"Ce soir, maman, nous allons au concert à Wattisham.

— C'est ce que je lui ai dit, mais elle a demandé si tu ne pouvais pas t'arranger. Je ne sais pas qui ils ont encore invité cette fois-ci – un ministre quelconque, si je me souviens bien, et quelques ambassadeurs. Je ne sais pas comment elle s'y est prise, elle rentre tout juste d'Italie. Quoi qu'il en soit, j'ai dit que tu la rappellerais." Tout en parlant, elle s'éloignait déjà.

"Mais qu'est-il donc arrivé à Algy ? cria Robert.

— D'après ce que j'ai cru comprendre, il serait parti se battre en Espagne, répondit-elle. Je n'ai jamais rien entendu d'aussi stupide."

Prudence poussa un cri de ravissement et Robert éclata de rire.

"Qui est-ce ? demanda Gerda qui venait d'entrer dans la pièce et n'avait entendu que la fin de leur conversation.

— Algy Stewart-Stevens, de Bures. Il était avec moi à l'école.

— Il a joué dans l'équipe de cricket d'Essex ! cria Prudence, tout excitée. Tu as dansé avec lui, Gerda – un grand blond.

— Il est complètement fou, c'est un écervelé. Je suis certaine qu'il ne sait même pas où se trouve l'Espagne."

Gerda s'immobilisa près de la table et réfléchit.

"Tout de même, dit-elle, qui sait ? On ne peut pas juger ses motifs. Parfois, ce sont les gens les plus fous qui, dans leur folie, accomplissent les actes les plus héroïques." Elle jeta un regard autour d'elle. "Le journal est arrivé ?

— Papa a dû l'emporter. Prudence vient de nous apprendre que Bilbao était tombée.

— Oui, je sais. Elle est venue me le dire ce matin.

— Franchement, Prue, dit Robert, tu dépasses les bornes. Était-ce bien nécessaire de te précipiter à l'aube dans toutes les chambres pour ta revue de presse ?

— Elle était déjà réveillée.

— Et quand bien même, ce ne serait pas grave", ajouta Gerda en reprenant du café ; elle saisit sa tasse et se dirigea lentement vers la terrasse, sans plus intervenir dans la conversation.

"Tu sais, Prudence, tu devrais te contenir, poursuivit Robert d'un ton grave. Ce n'est pas parce que quelque chose te met de mauvaise humeur que tu dois ameuter toute la maison, invités compris.

— Toi, en tout cas, je ne vois pas ce qui pourrait te mettre de mauvaise humeur. Tout ce qui te préoccupe, c'est de ne pas pouvoir aller faire les yeux doux à Cecily ce soir au Hall. Vous êtes tous là à manger tranquillement vos œufs au bacon ! s'exclama-t-elle avec une soudaine virulence, quant à maman, elle ne pense qu'à sa minable petite vente de charité pour l'orphelinat, mais les choses vraiment importantes, vous n'en avez strictement rien à faire. Et les habitants de Bilbao, qu'est-ce que vous en faites ? Et les orphelins basques ?"

Elle se leva d'un bond et sortit de la pièce sur les traces de Gerda.

"Je ne comprendrai jamais les filles de cet âge", soupira Robert en se resservant du café.

Il était absorbé dans ses pensées et le petit-déjeuner se poursuivit en silence. Nikolaas, qui avait terminé, n'avait plus de raison de rester à table.

"Pourquoi n'y vas-tu pas ? À ce dîner au Hall, je veux dire.

— Je vous accompagne à Wattisham, Gerda et toi – c'est bien ce qui était convenu, n'est-ce pas ?

— Je suis certain que Gerda comprendrait que tu ne viennes pas." De part et d'autre de la table, ils étaient aussi hésitants l'un que l'autre. "Je sais que tu préférerais y aller – je veux dire, pour les Fairfield aussi c'est important, davantage que le concert." Il avait laissé tomber sa serviette et se pencha pour la ramasser. "Je serai incapable de profiter de la soirée si je dois me dire tout le temps que tu aurais voulu être au Hall, que ta place, en fait, est là-bas." Robert, tout aussi mal à l'aise et timide que lui, ne réagit pas. "J'aimerais mieux que tu ailles au Hall ce soir", ajouta-t-il.

Il y eut un moment de silence ; dans la pièce voisine, Mme Chalmers continuait sa conversation téléphonique d'une voix étouffée.

"Je vais en toucher deux mots au vieux, dit Robert. Nous pourrons peut-être trouver une solution pour le transport." Il se leva d'un bond, visiblement soulagé. "Je vais faire un saut au Hall et parler avec lady Emmeline – maman en a encore pour un moment au téléphone. Ça ira, pour ce matin ?"

Il était déjà loin. Nikolaas déambula dans la maison : Gerda et Prudence avaient toutes deux disparu, Mme Chalmers demeurait cloîtrée dans son petit salon, Helen était à Bury et Robert était parti. La maison, déserte, était encore marquée par l'agitation matinale : les multiples activités de Mme Chalmers, les nouvelles d'Espagne et les réactions qu'elles avaient suscitées, le départ de cet Algy qu'il ne connaissait pas, l'absence d'Helen et l'excitation de Robert à propos du dîner chez les Fairfield ; il ne trouverait nulle part le repos aujourd'hui : les pièces accueillantes au désordre sympathique, remplies de fleurs et de livres, lui étaient devenues étrangères.

“Oh, Nicholas ! s’exclama Mme Chalmers en le croisant dans un coin de la pièce. Tout le monde vous abandonne ?

— J’allais justement faire une petite promenade.

— Magnifique, dit-elle. Dans ce cas, auriez-vous la gentillesse de porter ce petit mot et ces listes à Mlle Mackintosh ? C’est à propos de cette malheureuse vente de charité – j’aurais bien envoyé Patrick, mais il a beaucoup à faire au jardin aujourd’hui. Je ne sais vraiment pas pourquoi elle ne se fait pas installer le téléphone.” Elle lui fourra les papiers dans la main et se mit aussitôt en demeure de résoudre d’autres problèmes sans plus prêter attention à lui. “C’est la maison qui est juste en face du temple, celle avec le jardin”, lui cria-t-elle de l’autre bout du couloir avant de disparaître.

Il prit son chapeau et gravit le talus en direction du temple. Même sans les indications de Mme Chalmers, même s’il n’avait pas aperçu Mlle Mackintosh en train d’attacher ses rosiers dans le jardin avec son chapeau de paille défraîchi sur la tête, il aurait retrouvé la vieille maison à étage au toit de tuiles battu par les intempéries. Le jardin était entièrement envahi de fleurs anciennes qui poussaient apparemment dans le plus grand désordre : pois de senteur, lupins, violettes, dauphinelles, roses trémières, lobélies et capucines, géraniums et pétunias en pots sur les appuis de fenêtres et rosiers grimpants qui recouvraient les murs jusqu’au rebord du toit.

Mlle Mackintosh ne parut pas autrement étonnée de le voir et lança les papiers qu’il lui tendait à l’intérieur de la maison par une fenêtre ouverte, avec un total manque d’intérêt.

“Tout finira bien par s’arranger, dit-elle, imperturbable. Voulez-vous une tasse de thé ?

— Non, merci, mademoiselle Mackintosh. J’avais l’intention d’aller marcher un peu ce matin et Mme Chalmers m’a demandé de déposer cette lettre chez vous en passant.

— Fort bien, ainsi je n’ai pas besoin de perdre mon temps à vous faire la conversation – il faut que je finisse ce matin. J’ai du mal à trouver le temps nécessaire pour m’occuper de mon jardin.

— Vous n’avez personne pour vous aider ? s’enquit-il par politesse.

— Oh, il y a bien un homme du village qui vient quelques jours par semaine ; mais ce que l’on veut faire bien, il faut le faire soi-même.” Il comprit non sans un certain soulagement qu’il pouvait prendre congé en balbutiant quelques formules de politesse et continuer sa promenade, car elle n’avait manifestement aucun désir de le retenir. “C’est pour la vente de charité de Haverhill qu’Alice se fait du souci ? demanda-t-elle.

— C’est ce que j’ai cru comprendre.

— Il va falloir faire quelque chose pour l’Espagne, maintenant que Bilbao fait la une des journaux. Non que cela fasse une grande différence, les gens se contentent de survoler les gros titres et n’écoutent que d’une oreille distraite les informations à la radio qui, de toute façon, ne les intéressent pas. Je suppose que vous savez ce qui s’est passé à Bilbao, n’est-ce pas ?

— Prudence nous en a parlé ce matin.

— Il est question de faire venir des orphelins basques en Angleterre, comme nous avons fait avec les Belges pendant la dernière guerre. Mais je ne sais pas, peut-être sont-ils plus en sécurité en Espagne qu'ici, même avec Franco. Là-bas, en fait, la guerre est finie." Il tendit la main et la posa sur le loquet de la barrière, prêt à prendre congé ; elle ne remarqua pas son geste et examina d'un air songeur la pelote de ficelle qu'elle tenait à la main comme si elle se demandait ce qu'elle allait en faire, puis elle la fourra dans sa poche. "C'est une histoire déprimante. Bien sûr, vous êtes trop jeune pour ressentir les choses comme je les ressens moi-même, mais j'ai déjà vécu deux grandes guerres : pendant la guerre des Boers, je distribuais des tracts et je récoltais des fonds pour les œuvres de Mlle Hobhouse, et pendant la Grande Guerre je me suis occupée à nouveau de réfugiés, et ensuite de la Croix-Rouge, en Allemagne. Chaque fois on espère que les gens tireront les leçons du passé et que toute cette misère, toute cette souffrance n'auront pas été vaines ; et chaque fois l'on constate que personne n'a absolument rien appris."

Elle demeura un moment silencieuse, les mains dans les poches.

"Y a-t-il un message pour Mme Chalmers ?" demanda-t-il enfin pour lui rappeler sa présence, mais elle n'entendit que sa voix, et pas la question.

"Lors de la dernière guerre, reprit-elle, j'ai rencontré de nombreux insoumis, des objecteurs de conscience. Deux de mes cousins, notamment, mais la plupart étaient des quakers, des gens de ce genre. Je les admirais car ils avaient le courage de leurs convictions mais je n'éprouvais pas de sympathie particulière pour eux. Et maintenant, maintenant je me demande s'ils n'avaient pas raison, finalement, si ce n'étaient pas eux, les véritables héros de la guerre, plutôt que ces malheureux soldats tombés au champ d'honneur auxquels nous avons élevé des monuments." Elle planta ses yeux dans les siens : "Mais vous – vous qui êtes jeune, que pensez-vous de tout cela ?"

Il ne s'était pas attendu à cette question, non plus qu'à devoir prendre position ; sa main était toujours posée sur le loquet de la barrière du jardin.

"Mais cette guerre, ils étaient bien obligés d'y aller, n'est-ce pas ?

— Oui, bien sûr qu'ils étaient obligés ; et c'est justement la raison pour laquelle il fallait du courage pour suivre sa conscience. Certes, du courage, il en fallait aussi pour aller faire la guerre, que ce soit dans la Somme ou dans les Dardanelles, mais quand on suit le mouvement, qu'on se laisse entraîner par la foule, on peut toujours se consoler en se disant que l'on partage le sort de millions d'autres gens. Nager à contre-courant, dire non, refuser de participer parce que votre conscience vous l'interdit – là, il faut un vrai courage. Or, ce courage, combien d'entre nous le possèdent et agissent en conséquence plutôt que d'accepter un énième compromis ?"

La question n'appelait pas de réponse. Elle se détourna et fixa le jardin du regard : il était libre de s'en aller.

La barrière était si lourdement chargée de chèvrefeuille qu'il parvint à peine à la pousser.

"Venez donc prendre le thé un de ces après-midi, proposa Mlle Mackintosh. J'ai encore tout un tas de souvenirs de la guerre des Boers, des photos, des articles de journaux et des brochures. Cela pourrait peut-être vous intéresser.

— Merci mademoiselle, je n'y manquerai pas.

— Pour vous autres, ajouta-t-elle, il y a encore peut-être quelque espoir." Il se demanda à qui elle faisait allusion. "Nous, en revanche, nous n'avons rien appris, absolument rien ; mais vous, qui avez été opprimés, peut-être cela vous aura-t-il appris à ne pas opprimer autrui, vous, qui avez subi l'injustice, peut-être refuserez-vous de causer du tort à autrui. En revanche, si vous n'avez rien appris, cette guerre que vous avez vécue n'aura servi à rien. Dans ce cas, tout cela n'aurait aucun sens, tout le monde aura souffert pour rien, sera mort pour rien."

Il prit congé et s'éloigna.

"Si vous allez jusqu'à la forêt, lui cria-t-elle de loin, il y a un très joli chemin qui passe à travers champs !"

Oubliant sa présence, elle se replongea dans ses plantes, comme engloutie par les fleurs du jardin, et les effleura l'une après l'autre doucement, avec attention, comme si chacune avait pour elle sa propre identité.

Il longea la route qui passait devant chez elle et menait au village. Comme il ne voyait personne, nul voyageur sur la route, nul ouvrier agricole dans les champs ni dans les fermes isolées, il bifurqua et s'engagea sur le chemin cahoteux que lui avait indiqué Mlle Mackintosh : d'un côté, les champs de blé qui frémissaient sous l'effet du vent, de l'autre, le vert impénétrable de la forêt d'où lui parvenait le bruissement des feuilles. Il n'y avait plus la moindre habitation à l'horizon et il marcha dans une totale solitude sous un ciel haut par une journée ensoleillée qu'emplissait le murmure du vent, sur un chemin qui zigzaguait interminablement et ne le menait nulle part. Pourvu que cela continue, songea-t-il, pourvu que ce matin ne finisse jamais et que ce chemin s'allonge sous ses pas ; mais finalement il retrouva la grand-route, les maisons paysannes, les jardins et les vergers et, après un long détour, rejoignit le village et atteignit la maison juste à temps pour se préparer pour le déjeuner.

À table, Robert fit avec enthousiasme le récit de sa visite au Hall, de l'agitation que suscitait dans toute la maisonnée l'arrivée des invités pour le week-end et de la matinée qu'ils avaient passée dans le verger à manger des prunes. Il ne précisa pas de qui il s'agissait et personne ne posa de question. Mme Chalmers elle-même, remise de ses crises précédentes, rendit compte de ses conversations avec des membres du comité, des fonctionnaires et des employés de la centrale téléphonique, ainsi que de la manière triomphale dont elle avait réussi à sauver la vente de charité. Les problèmes concernant la soirée avaient apparemment été résolus sans difficulté : le chauffeur emmènerait Gerda et Nikolaas à Wattisham, Mme Chalmers prendrait la Morris et déposerait Robert au Hall au passage ; de là, l'un des invités pourrait le reconduire.

"Non, non, c'est absurde, cria Mme Chalmers comme Nikolaas faisait mine de protester, c'est la solution idéale pour nous tous. Il n'est pas question que Gerda ou vous ratiez l'occasion de voir Wattisham. Simplement, j'aurais souhaité que nous puissions y aller tous ensemble au lieu d'être obligée de passer toute la soirée avec ces gens impossibles."

En face d'elle, Gerda eut un sourire de gratitude.

“Dis-moi, Gerda, est-ce que tu as un manteau pour la soirée ? demanda Mme Chalmers.

— Juste celui en velours – j’ai laissé mes fourrures à Londres.

— Prends donc ma pelisse – tu en auras besoin dans cette maison, même en été, et vous allez rester longtemps assis. Je dirai à Skelton de la sortir cet après-midi.

— Et moi, maman, que vais-je mettre ? demanda Prudence.

— Toi, Prudence, je crois que tu ferais mieux de rester à la maison, ce soir.”

Un silence menaçant planait au-dessus des convives.

“Mais moi aussi, je veux aller au concert. Et je veux aussi voir Wattisham.

— Tu auras encore bien des occasions d’aller à Wattisham. Cette semaine, je t’ai déjà autorisée à veiller tard pour le bal du Hall, et tu ne t’es pas tellement amusée, tu le sais.

— Mais je n’ai pas envie de rester tout le temps à la maison ! Moi aussi je veux sortir avec les autres et faire des choses !

— Quand tu auras fini l’école et que tu iras à Londres pour la saison, tu auras suffisamment de quoi t’occuper. Ce soir, tu ferais bien de réviser un peu ton français. Ton dernier bulletin trimestriel n’était pas très bon.

— Ce n’est pas juste, commença Prudence en haussant le ton, mais elle n’eut pas le loisir d’en dire davantage.

— En voilà assez, Prudence”, dit sa mère d’un ton tranchant et décidé qui fit taire jusqu’à sa propre indignation.

Suivit un lourd silence. Prudence avait repoussé son assiette et baissé la tête, s'efforçant visiblement de retenir ses larmes.

"Allons, Prue, dit Gerda ; à l'automne, à mon retour d'Écosse, je te rendrai visite à l'école et je t'emmènerai prendre le thé.

— Et si tu accompagnes maman à Londres chez le dentiste, je viendrai spécialement d'Oxford avec Nick, ajouta Robert ; nous t'emmènerons dans un vrai restaurant, rien que nous trois."

Prudence n'était pas consolée pour autant et ce fut uniquement par politesse qu'elle réagit à cette promesse.

"Et nous boirons du champagne ? demanda-t-elle.

— Bien sûr. Tout ce que tu voudras.

— Peut-être Robert pourra-t-il t'emmener un après-midi prendre le thé chez Gunter's, dit Mme Chalmers. Mais commence par réviser ton français. Quant à vous, Nicholas, prenez un manteau pour ce soir. Vous en avez un ?"

Prudence resta encore un moment tête baissée, luttant contre ses sentiments.

"Puis-je me lever de table, maman ?" demanda-t-elle à voix basse.

Sa mère lui en ayant donné l'autorisation, elle se hâta de quitter la pièce. Mme Chalmers hocha la tête, fit tinter la clochette pour dire à la bonne d'apporter le dessert et recommença à poser avec entrain toutes sortes de questions à Nikolaas au sujet de sa visite chez Mlle Mackintosh.

Robert fut le premier à descendre : vêtu de son smoking bien avant l'heure convenue pour le départ, avant même que le chauffeur n'arrive avec la Rolls, il arpentait le salon avec impatience en feuilletant de vieilles revues. Ses parents allaient et venaient d'une pièce à l'autre comme à leur habitude, il entendait leurs voix qui se perdaient ensuite dans le lointain ; Chalmers, ses lunettes sur le nez, déambulait en traînant les pieds à la recherche d'un journal quelconque dans lequel il avait repéré un article qu'il voulait lire, tandis que son épouse réglait les derniers détails avec les domestiques.

"J'ai demandé à Mme Williams de vous préparer des sandwiches et du café pour que vous ayez de quoi manger à votre retour, dit-elle à Nikolaas.

— Tout le monde est prêt ? demanda Robert.

— Oui, oui, ne me bouscule pas. J'ai aussi dit à Skelton que nous serions de retour à onze heures, ajouta-t-elle à l'intention de son mari. Il est donc inutile de relancer le débat sur le système fiscal. Je ne veux pas qu'elle passe la moitié de la nuit à nous attendre.

— Je ne crois pas qu'il soit nécessaire que quiconque reste là à nous attendre.

— Je ne veux pas laisser Prudence seule à la maison, répondit-elle en esquissant par-dessus son épaule un sourire à Nikolaas, qui s'était précipité pour l'aider à mettre son manteau.

— En parlant de Prudence, où est-elle donc ?

— Je crois qu'aujourd'hui le mieux serait de la laisser tranquille. Elle ne doit pas être bien loin – elle a ses petits endroits où elle aime se retirer. Quand elle aura envie d'avoir un peu de compagnie, ou de manger quelque chose, elle réapparaîtra."

Gerda, vêtue d'une robe vert de mer taillée dans un tissu léger et brillant qu'il ne connaissait pas, les avait rejoints sans un bruit ; elle portait un collier près du cou, tout simple, et la pelisse de Mme Chalmers sur le bras.

“Gerda ! s’exclama Mme Chalmers, tu es splendide ! J’espère que vous passerez une bonne soirée. Tout le monde est prêt ?” Elle les précéda jusqu’aux voitures qui attendaient à l’extérieur. “J’ai dit à Mme Williams de lui préparer du lait et des biscuits”, l’entendirent-ils encore dire, puis le chauffeur ferma la portière de la Rolls, isolant Nikolaas et Gerda du monde extérieur.

“Cela me fait de la peine que Prudence doive rester à la maison ce soir, dit Gerda.

— Peut-être aurions-nous dû demander à Mme Chalmers de la laisser nous accompagner ?”

Elle hocha la tête de droite à gauche.

“Je ne crois pas qu’il soit possible de convaincre Mme Chalmers de faire marche arrière une fois qu’elle a décidé quelque chose. C’est une femme qui a une volonté de fer.

— J’avais l’impression que Prudence aurait beaucoup aimé venir avec nous.

— En fait, je pense que personne ne sait réellement ce que veut Prudence, pas même elle. Elle ne sait pas encore gérer ses sentiments et vit tout très intensément. C’est un peu la marque de fabrique des Chalmers, vous ne croyez pas ?”

La voiture bifurqua ; Gerda se cramponna à la lanière de cuir et s’écarta légèrement tout en regardant par la fenêtre. D’épaisses haies couvertes d’églantiers grimpants, de chèvrefeuille et de mûres s’élevaient de part et d’autre des routes de campagne, et ils n’apercevaient que par intermittence, entre les traverses d’une clôture, les champs et la lumière rasante du soleil couchant qui brillait à l’horizon.

Dans les villages paisibles qu'ils traversaient, les gens prenaient le frais aux portes des maisons.

"Je suis contente que nous puissions malgré tout assister à cette soirée, dit Gerda ; pas seulement pour la musique, mais aussi pour le trajet en voiture. C'est une belle manière de terminer mon séjour.

— Combien de temps resterez-vous en Écosse ?

— Jusqu'à la fin de l'été ; ensuite, jusqu'en novembre, je serai chez des amis à Durham. Mais pour moi, la plus belle région du pays, c'est ici : c'est celle qui me revient toujours en mémoire lorsque je pense à l'Angleterre. Et je crois que je me la rappellerai toujours telle qu'elle est maintenant, telle que je la vois ce soir pour la dernière fois.

— Il vous reste encore pas mal de temps à passer en Angleterre ; vous pourrez toujours revenir en visite.

— Non, ce soir c'est la dernière fois, dit-elle d'un ton résolu ; je pars demain. On ne peut pas passer sa vie à regarder derrière soi et à vouloir faire demi-tour."

Il observa la jeune fille assise près de lui, son profil volontaire, sa main levée dans son gant blanc et son collier qui scintillait au soleil, et s'aperçut soudain que ces petites pierres si parfaitement alignées étaient des diamants. Elle venait d'un autre monde que le sien, un monde dans lequel richesse et privilèges allaient de soi ; qu'ils fussent assis ensemble ce soir-là à l'arrière de la Rolls était un pur hasard. Il contempla par la vitre les ondulations des champs dont la couleur vert tendre se voilait peu à peu, les arbres dont l'ombre s'allongeait. La voiture bifurqua à la hauteur d'une imposante barrière flanquée de montants massifs et longea la maison du gardien, épousant les courbes de l'allée. Il se pencha légèrement en avant et eut l'impression que les sinuosités de la route et les arbres qui la bordaient annonçaient un spectacle plus grandiose encore ; c'est alors que soudain ils virent la maison. Les arbres disparurent, les champs descendaient en pente douce vers un lac pour remonter lentement vers la maison qui se dressait, majestueuse sur la hauteur, ses rangées de fenêtres étincelant dans le soleil couchant. Ils ne l'entrevirent qu'un instant, puis les arbres la dérobèrent à nouveau à leur regard mais il savait que Gerda, elle aussi, avait aperçu cette maison et ce paysage qui, dans une unité parfaite, ouvraient sur un horizon unique.

De grosses cylindrées rutilantes étaient garées devant la porte ; un domestique guida les visiteurs vers un pavement de marbre jusqu'au perron, où ils furent accueillis par lord et lady Parrinder : une petite vieille qui les observait à travers sa lorgnette, qu'elle tenait d'une main aussi maigre qu'une serre d'oiseau, et un homme de haute taille au visage mélancolique et aux cheveux soigneusement brossés sur le haut du crâne afin de dissimuler sa calvitie. Gerda expliqua qui ils étaient et mentionna le nom des Chalmers ; les Parrinder émirent avec indifférence des borborygmes polis et se tournèrent vers une vieille dame en manteau de fourrure qui venait d'arriver en s'appuyant sur une canne.

Le concert eut lieu dans une gigantesque galerie dont le sol était recouvert de marbre ; des bustes anonymes de facture classique, juchés sur de hauts piédestaux alignés le long d'un mur, alternaient avec des niches dans lesquelles brûlaient des bougies dont les flammes, dans la pénombre ambiante, étaient presque invisibles ; le mur opposé était percé de grandes fenêtres qui donnaient sur la terrasse et sur le parc. Tout au fond de la pièce, sur un petit tapis, trônaient un piano à queue et deux tabourets devant lesquels étaient disposées de petites chaises droites et dorées pour le public. La plupart des spectateurs ayant déjà pris place, ils s'assirent au dernier rang où deux places, près d'une fenêtre, étaient encore inoccupées. Ils gardèrent le silence tandis que les autres invités conversaient à voix basse et que leurs voix se perdaient dans la grande pièce voûtée. Pourquoi, en fait, était-il venu ? se demanda soudain Nikolaas en portant son regard sur les statues et les urnes qui ornaient le jardin ; il soupira d'aise lorsque les applaudissements polis qui annonçaient l'arrivée des musiciens vinrent briser le cours de ses pensées ; peu après, un petit bonhomme d'âge mûr vêtu d'un smoking mal taillé et une grande femme brune toute en noir firent leur apparition.

Nikolaas, qui ne comprenait pas les paroles des lieder, parvint tout juste à identifier quelques rares mélodies : il déduisit de l'attention soutenue du public que la prestation était de qualité. Gerda, assise à ses côtés, le buste droit, son manteau de fourrure jeté sur ses épaules, n'avait d'yeux elle aussi que pour la cantatrice ; l'intensité de la concentration et l'appréciation qu'il sentait autour de lui sans pouvoir la partager le mirent légèrement mal à l'aise. Le sol de marbre dégageait un froid glacial et il n'osait pas bouger de peur de briser le silence. Noyé dans la brume, le soleil couchant qui pénétrait par les fenêtres n'apportait plus aucune chaleur et se bornait à illuminer les dorures des chaises et les bijoux des femmes : il sentit que ses pieds et ses jambes, puis ses mains, commençaient à s'engourdir au fur et à mesure que les lieder se succédaient.

Les applaudissements furent sobres mais approbateurs. La cantatrice s'inclina, mais c'était là davantage un geste de bonne volonté que de reconnaissance, comme si, étant elle-même satisfaite de la représentation, elle n'avait que faire du jugement de l'assistance : elle quitta la pièce, suivie du pianiste, et les invités commencèrent à engager de timides conversations.

"Et si nous allions voir le Romney ?" proposa Gerda ; il accueillit la suggestion avec gratitude.

Comme elle semblait savoir où se trouvait le tableau, il la suivit à travers la galerie où défilaient des domestiques portant des plateaux en argent chargés de verres de sherry, et ils arrivèrent dans le hall.

Le tableau trônait sur le palier de l'escalier d'honneur ; c'était le portrait grandeur nature d'une femme, éclairé par une applique, ce qui donnait l'impression qu'il flottait au-dessus d'eux dans la pénombre. Ils gravirent les marches peu profondes de l'escalier et se postèrent devant la toile : la tête levée, la ligne impérieuse du cou et des épaules, la main blanche tenant un bâton de berger, le vert flou d'un parc à l'arrière-plan – une dame de l'aristocratie figurant une bergère, souriante et hautaine, à l'assurance inébranlable.

Il attendait que Gerda dise quelque chose mais elle se retourna et fit demi-tour sans un mot comme si, l'ayant observé, elle ne jugeait pas le tableau à son goût ; il ne lui restait plus qu'à la suivre et à rejoindre les invités qui bavardaient par petits groupes : des dames d'un certain âge en manteau ou en veste de fourrure, un châle drapé sur les épaules, des messieurs d'un certain âge en smoking et des couples d'âge mûr en gris souris.

“N’y a-t-il donc personne ici avec qui vous souhaitiez échanger quelques mots ?

— Il n’y a personne ici que je connaisse. Personne à qui j’aie quoi que ce soit à dire.”

Elle les gratifia du même regard fugace, calme et désapprobateur qu’elle avait réservé au tableau et ils remontèrent ensemble la longue rangée de fenêtres. Au loin, tout au bout de la pelouse, le soleil disparaissait peu à peu derrière la cime des arbres ; les bougies du grand lustre éclairaient le piano.

“Quand vous êtes à l’université, est-ce que vous allez souvent à Londres ? demanda Gerda.

— De temps à autre, si j’ai une bonne raison. Pourquoi ?

— Je me disais que nous pourrions peut-être convenir d’une date pour nous y retrouver, à l’automne.”

La proposition l’étonna.

“Oui, bien sûr, répondit-il. Je pourrais m’y rendre pour la journée.

— Puis-je vous écrire chez votre tante, à Londres ?” Elle tirait déjà de son sac un petit carnet.

“Écrivez-moi plutôt à l’université”, répondit-il très vite. Elle nota l’adresse sans faire de commentaire.

“Je vous préviendrai dès que je saurai avec certitude quels sont mes projets”, dit-elle. L’heure était venue de regagner leurs places.

Le fait qu’elle voulût le revoir après son départ et qu’elle lui en fît elle-même la proposition le rendait perplexe, car il n’avait pas conscience qu’il existât entre eux un quelconque sentiment d’amitié, ni même de sympathie, qui pût expliquer sa démarche. De nouveau totalement absorbée dans ses pensées, elle attendait que le concert reprît.

“Et maintenant ? demanda-t-il dans une tentative de renouer la conversation.

— Le trio”, répondit-elle ; il n’y avait plus rien à ajouter.

Les musiciens – pianiste, violoniste et violoncelliste – firent leur apparition sous le halo de lumière et le public se figea de nouveau, impatient de recevoir la musique. Les mains, au-dessus du clavier, étaient prêtes, les archets posés sur les cordes. Le concert commença.

Assis à côté de Gerda, Nikolaas avait du mal à se concentrer sur ces petits bonshommes entre deux âges, grotesques dans leurs smokings froissés. Son attention était sans cesse distraite par ce qu’il voyait par la grande fenêtre toute proche : la terrasse et le parc immense que l’obscurité enveloppait peu à peu. Il était toutefois régulièrement rappelé à la réalité par l’une ou l’autre petite mélodie dont la légèreté et le caractère ludique l’étonnaient. Ces instants disparaissaient toutefois comme ils étaient venus, sans laisser la moindre trace dans la musique, et il fixa de nouveau son attention sur le jardin. Pour autant qu’il s’en souvînt, la deuxième partie du programme consistait en ce seul morceau ; lorsqu’il serait terminé, le concert prendrait fin et chacun rentrerait chez soi. Peut-être même ferait-il encore jour.

Il se retourna vers les trois musiciens qu’éclairaient les multiples branches du lustre ; les flammes des bougies étaient de plus en plus claires. L’on eût dit qu’une ombre s’était abattue sur la légèreté de la musique ; le murmure du piano, presque ludique, était couvert par la mélodie des cordes, plus lourde, plus triste. Pourquoi en était-il troublé ? Ce n’était que de la musique, une chanson de marche qui frappait par son côté sombre, rien de plus, mais il avait l'impression que l'ombre qu'elle dégageait faisait rejaillir sur lui sa fraîcheur.

Les autres spectateurs l'avaient-ils remarqué, eux aussi ? Personne ne montrait quoi que ce fût ; le thème s'évanouit à nouveau et la musique reprit son cours, mais il ne parvenait pas à se défaire de l'inquiétude soudaine qu'elle avait éveillée en lui ; la musique continuait de solliciter une partie de son attention, même lorsqu'il tournait la tête en direction de la fenêtre pour regarder le paysage.

Le soleil avait disparu ; dans le parc, au-dessus de la cime des arbres, la lumière du jour brillait de ses derniers feux. L'ombre recouvrait peu à peu la pelouse, les contours des statues de dieux et de déesses et des urnes décoratives perdirent de leur netteté à mesure que le soir tombait, bientôt ne subsista plus que la ligne de démarcation entre la terre et le ciel qui changeait de couleur. Il comprit alors qu'il ferait nuit dès avant leur départ. Le passage du jour à la nuit se faisait si vite…

De nouveau retentit la marche solennelle, exécutée cette fois par les instruments à cordes tandis que le piano poursuivait, léger, ludique, presque insouciant. Il en conclut que c'était le caractère inéluctable de la marche qui suscitait ce sentiment de menace ; une mélodie que rien ne pouvait arrêter, dont rien ne pouvait empêcher le cours.

Dehors tout était sombre ; l'obscurité se répandait désormais par les fenêtres à l'intérieur même de la pièce avec ses dalles de marbre et son haut plafond. Même les bougies dans leurs niches n'étaient plus que de petites flaques de lumière dans la pénombre ; le halo brillant du lustre parvenait tout juste à projeter une lueur blafarde sur les trois musiciens. Ces derniers, courbés sur leurs instruments, les yeux clos, étaient totalement pris par la musique. Quant à l'assistance, noyée dans la faible lueur du crépuscule, elle était invisible : seules scintillaient par moments dans le noir les pierres d'une boucle d'oreille ou d'un collier lorsqu'une femme bougeait légèrement la tête, puis l'obscurité revenait.

Nikolaas observa les trois pauvres bougres livrés corps et âme à la musique. Quel était le sens de tout cela ? D'où venaient ce sentiment d'être menacé, ce désarroi, que provoquait en lui l'écoute d'un morceau de musique ? Le thème de la marche revenait sans cesse, malgré la trajectoire de la composition qui aurait pu lui faire croire qu'ils s'en étaient libérés ; il réapparaissait inéluctablement ; Nikolaas se surprit à l'attendre, à l'espérer, à l'accueillir même avec joie, et il comprit peu à peu qu'il n'éveillait plus en lui aucun sentiment de menace mais que c'était désormais un repère solide auquel il pouvait s'accrocher, une source de sécurité et de consolation. Il s'aperçut, tout étonné d'avoir accès à cette révélation inattendue, que la progression mesurée du thème de la marche, auquel la légèreté du trio donnait un tour sombre et rapide, ne renfermait nulle menace : elle était l'assurance que les choses suivaient leur cours, que la vie continuait, rendue indestructible par l'obscurité. Rien ne justifiait qu'il se sentît menacé : il n'avait aucune raison d'avoir peur. Cette musique, inaltérable et pleine d'assurance, s'élevait au-dessus de toutes les menaces ; il sourit intérieurement, aurait voulu partager cette bonne nouvelle avec quelqu'un ; mais il n'y avait personne.

Le concert prit fin. Le public applaudit courtoisement, sobrement, les musiciens s'inclinèrent avec raideur mais le seul lien entre eux et le public était la musique qui venait de s'achever. Les trois hommes, dans leurs costumes mal ajustés, s'éloignèrent en traînant les pieds de la tache de lumière au-dessous du lustre tandis que ceux qui étaient venus les écouter repoussaient leurs chaises et se levaient.

Il demeura assis un moment, troublé par la soudaineté avec laquelle la musique s'était interrompue et par le flot de sentiments qu'elle avait libéré en lui, et il sursauta lorsque Gerda se leva à son tour. Sa pelisse glissa de ses épaules ; machinalement, il se leva aussi et la lui tendit mais ils gardèrent le silence. Parvenus à la porte, ils échangèrent quelques mots de remerciements avec les Parrinder, lesquels les écoutèrent avec la même indifférence polie qu'à leur arrivée. Les invités prenaient congé, les chauffeurs ouvraient les portières des voitures, les phares éclairaient la façade de la maison, d'un classicisme austère ; de vieilles dames se disaient au revoir de loin tandis qu'on les aidait à regagner leurs voitures. En silence, ils prirent place dans la leur, laquelle remonta l'allée et les emporta sans un bruit ; bien qu'il eût, quelques instants auparavant, éprouvé le besoin de partager sa réaction à la musique, plus rien de tel ne le préoccupait désormais. Les mots n'étaient pas nécessaires.

Lorsqu'ils arrivèrent à la hauteur du virage d'où ils avaient aperçu la maison, il se pencha en avant du côté de Gerda pour la revoir une dernière fois mais il faisait trop sombre. Déjà le paysage était plongé dans la nuit, seul le lac scintillait encore et renvoyait les reflets bleutés du ciel.

C'est alors que pour la première fois depuis qu'ils étaient montés en voiture, Gerda prit la parole.

*"Alles ist ausgeruht : / Dunkel und Helligkeit, / Blume und Buch**... "

Il comprit vaguement le sens des paroles, supposa qu'il s'agissait d'une citation mais c'était sans importance car ce n'était pas à lui qu'elle s'adressait. Gerda, emmitouflée dans sa fourrure, les mains sur les genoux, se cala contre le tissu gris perle du siège. Il songea qu'elle n'avait pas besoin d'ajouter quoi que ce fût : le silence qui avait succédé à la musique rendait toute parole inutile. En silence, ils firent le trajet du retour.

Le lendemain matin, une Daimler étincelante de couleur gris métallisé, immatriculée à Londres, vint chercher Gerda. Une fois ses bagages dans le coffre, celle-ci fit ses adieux – toute la maisonnée s'était rassemblée devant la maison : elle commença par les domestiques, appelant chacune et chacun par son nom, et termina par la famille. Même Chalmers était sorti, ses lunettes de lecture sur le nez ; Prudence était là elle aussi, maigre, pâle et taiseuse.

Elle salua Nikolaas d'une poignée de main ferme, sans faire la moindre allusion à la possibilité d'une quelconque rencontre à Londres, puis monta en voiture. Devant la maison, alors que le petit groupe se dispersait peu à peu, il demeura sur le perron jusqu'à ce que la voiture eût disparu. Gerda, cependant, ne se retourna pas.

* "L'obscur et la clarté, / la fleur comme le livre : / tout est repos", Rainer Maria Rilke, *Les Sonnets à Orphée*, XXII, traduit de l'allemand par Armel Guerne, Éditions du Seuil, Paris 1972. *(N.d.T.)*

Déjà la grisaille de l'après-midi virait au noir et le long de Piccadilly, les vitrines des magasins étaient illuminées. Derrière les vitres de la porte à tambour, les fenêtres du hall et du couloir de l'hôtel dégageaient elles aussi une vive lumière ; Nikolaas hésita un instant sur le trottoir avant de se décider à gravir les quelques marches et de pénétrer dans l'imposant bâtiment. Le portier galonné ne leva même pas les yeux lorsqu'il franchit la porte d'entrée et une fois à l'intérieur, ni les employés de la réception en queue-de-pie ni les grooms ne lui prêtèrent la moindre attention. Il longea un couloir interminable sans rencontrer le moindre obstacle ; ses pas s'enfonçaient sans bruit dans l'épais tapis et son image se reflétait dans les miroirs placés de part et d'autre ; derrière les palmiers en pot, dans le jardin d'hiver presque désert, elle l'attendait assise dans un coin au bord d'un canapé, le buste droit, son manteau de fourrure jeté négligemment sur l'accoudoir.

Elle le salua plus ou moins comme il s'y attendait, sans faire montre d'une joie ni d'une satisfaction particulière de le revoir, le bras tendu dans sa direction, la poignée de main ferme.

"Je vous ai fait attendre ? s'inquiéta-t-il.

— Non, je suis arrivée en avance. On ne sait jamais le temps que l'on met pour trouver un taxi."

Déjà le serveur avait fait signe à un chasseur de le débarrasser de son manteau et de son chapeau et de les porter au vestiaire ; elle attendit, calme et pleine d'assurance, conforme au souvenir qu'il avait d'elle, que le rituel fût accompli.

"Vous avez eu du mal à trouver un taxi ?

— Je ne sais pas, répondit-elle, écartant la question d'un revers de la main. C'est un des employés qui s'en est occupé."

Tandis qu'ils bavardaient, le serveur avait commencé à dresser la table pour le thé. Gerda ne semblait pas l'avoir remarqué mais Nikolaas, gêné par la présence de l'homme, se sentait mal à l'aise pour poursuivre la conversation.

"Vous avez passé de bonnes vacances ?

— Des vacances ? Elle répéta le mot comme si elle ne comprenait pas tout à fait ce qu'il voulait dire.

— Dans le Nord.

— Ah, en Écosse ! Oui, c'était magnifique." Le garçon leur apporta le service à thé et elle le remercia d'un signe de tête. "Nous sommes allés danser, nous sommes montés à cheval et nous sommes allés au concert à Édimbourg.

— Et maintenant, vous allez rentrer en Allemagne ?" Occupée à verser le thé, elle ne répondit pas. "Ou peut-être avez-vous d'autres projets ?

— Vous prenez du lait", dit-elle en lui tendant sa tasse – des mois plus tard, elle se souvenait encore de ce détail. "Je rentrerai pour Noël.

— Vous êtes restée absente longtemps. Votre famille doit vous attendre avec impatience.

— Cela fait six mois que je suis ici. Mes parents, toutefois, voudraient que je reste un peu plus longtemps, au moins jusqu'au Nouvel An.

— Et ensuite ?

— Ensuite, tout dépendra de la situation."

Le garçon, posté à côté d'elle avec son plateau en argent chargé de sandwiches, sa petite pince à la main, s'apprêtait à la servir mais elle secoua la tête d'un air agacé :

"Je n'ai pas faim, dit-elle, nous dînons ce soir au restaurant. Mais vous, prenez donc quelque chose."

Le serveur se lança dans une énumération : saumon fumé, concombre... Il choisit quelques sandwiches et commença à manger. Comme il n'avait pas eu le temps de déjeuner avant son départ d'Oxford et s'était contenté d'une tasse de thé au buffet de la gare de Paddington, il avait faim.

"Et vous ? demanda Gerda après que le serveur se fut retiré. Vous avez passé tout l'été chez les Chalmers ?

— Oui, je suis rentré à Oxford avec Robert.

— Et qu'avez-vous fait ?" Elle se pencha en avant comme si la réponse l'intéressait réellement.

"Oh, des promenades à bicyclette, des pique-niques, des randonnées. Parfois il y avait des invités pour le dîner, parfois nous allions au restaurant, jouer au tennis ou danser. C'était un bel été, il a presque toujours fait beau." Elle se pencha à nouveau vers lui, dans l'expectative. "Un soir, nous sommes allés à un concert d'orgue à Bury. Une autre fois, à Newmarket ; et aussi à Norwich, à la plage, et à Walsingham.

— Walsingham vous a plu ?

— C'était intéressant. Vous connaissez ?

— Je n'y suis allée qu'une fois, et il y avait justement un pèlerinage. Et comment va la famille ?

— Bien. Prudence n'était pas de très bonne humeur – pourtant, c'est elle qui avait insisté pour aller à Walsingham, personne d'autre n'en avait vraiment envie." Gerda sourit. "Vers la fin, John était là pour ainsi dire tout le temps. Il avait loué une chambre dans un pub, au village, il ne voulait pas loger dans la maison.

— C'est Helen qui a dû être heureuse.

— La plupart du temps, elle était avec lui. Nous ne l'avons pas beaucoup vue.

— Et Mlle Mackintosh ?

— Elle m'a demandé de vous transmettre le bonjour pour le cas où je vous rencontrerais.

— Vous l'avez revue ?

— Elle venait assez souvent pour le thé, pour le dîner ou simplement pour dire bonjour en passant. Un jour, elle m'a invité à prendre le thé chez elle.

— C'est une femme merveilleuse, ne trouvez-vous pas ?" Comme il tardait à répondre, elle ajouta : "Vous n'êtes pas de cet avis ?

— Prudence, un jour, a dit la même chose, mais je n'ai jamais bien compris pourquoi."

Elle réfléchit tout en remuant son thé :

"Il y a en elle une certaine authenticité ; c'est une personne honnête, franche et directe. Elle a ses croyances, ses convictions, et elle mène sa vie en conséquence, en toute simplicité, sans en faire toute une histoire mais sans le moindre compromis.

— Est-ce donc si rare ?

— Il me semble, oui. Pas vous ?

— Il y a des tas de gens qui croient en quelque chose, qui sont membres d'une Église ou d'un parti politique et qui vivent selon leurs principes.

— Il y a des tas de gens qui sont membres de quelque chose et qui défilent avec des torches et des banderoles en hurlant des slogans. Mais vivre jour après jour ce que l'on croit et ne pas craindre de se retrouver seul, tenir bon même si les autres vous trouvent ridicule, être prêt à affronter la violence si nécessaire, entrer hardiment dans l'obscurité, les yeux grands ouverts – voilà qui exige un courage héroïque. En seriez-vous capable ?"

Il songea un instant à Mlle Mackintosh, à ses cheveux gris en bataille, à sa petite maison accueillante au désordre bon enfant, à son jardin ; il la revit traversant le village à bicyclette, coiffée de son vieux chapeau de paille, sans réussir toutefois à établir un lien entre les paroles de Gerda et ses souvenirs.

"Et sinon ? demanda Gerda. Qu'avez-vous fait d'autre cet été ?"

Il réfléchit mais ne trouva rien à ajouter.

"Nous avons mis en scène des charades – ils adorent se travestir. Les jours de pluie, nous jouions à des petits jeux sans prétention, des jeux d'enfants. M. Chalmers lui-même a joué avec nous, mais il perdait toujours." Il sentit qu'elle attendait qu'il en dise davantage. "Je suis désolé, dit-il, à dire vrai, je n'ai pas grand-chose à vous raconter.

— Vous ne vous intéressez guère aux autres, n'est-ce pas ?

— Que voulez-vous dire ?

— Vous ne parlez pas d'eux en tant qu'individus ; vous ne percevez aucun des petits détails. En fait, vous pensez à tout autre chose.

— À quoi donc ?

— À vos études, je suppose – à vos livres, à vos recherches, à toutes ces choses abstraites dont vous vous occupez tranquillement derrière votre bureau.

— Vous me trouvez égocentrique, c'est cela ? demanda-t-il d'un ton faussement dégagé, ne sachant trop comment accueillir ces propos.

— Égocentrique, oui, on pourrait dire cela, acquiesça-t-elle. D'aucuns diraient peut-être même suffisant."

Un moment de silence s'installa entre eux.

"C'est ce que vous diriez, vous aussi ?"

Elle haussa les épaules :

"Ça n'a pas d'importance ; c'était une remarque en passant, rien de plus. Et que vous me racontiez ce que vous avez fait cet été ou non n'a pas non plus d'importance. Je voulais juste m'imaginer un instant parmi vous, comme si j'avais passé tout l'été avec vous tous." Puis, remarquant que son assiette était vide : "Vous ne voulez pas d'autres sandwiches ?" Elle fit un geste en direction du serveur. "Vous devez avoir faim.

— Je n'ai rien mangé ce midi, dit-il pour sa défense, légèrement agacé de voir qu'elle avait appelé le serveur au lieu de lui en laisser l'initiative.

— Et vos études ?"

Il hésita devant le plateau que l'homme lui présentait.

"Mes études sont terminées, répondit-il. Je m'arrête là.

— Et que comptez-vous faire ?

— Je vais bientôt rentrer en Afrique du Sud. Je reprends le bateau dans dix jours." Elle attendait visiblement qu'il en dise davantage et il crut déceler sur ses lèvres un léger sourire qui l'irrita. "Il y a quelques semaines, j'ai reçu une proposition tout à fait inattendue pour un poste à l'université où j'ai fait mes études et je me suis dit que je ne pouvais pas laisser passer une telle occasion.

— Donc, Oxford, c'est déjà du passé.

— J'ai déjà les diplômes nécessaires – rester une année de plus n'est pas indispensable. Je pourrai toujours revenir plus tard et continuer.

— C'est ce que vous vouliez, n'est-ce pas ?" Il soupçonna une certaine ironie dans ses paroles, mais sans en être totalement sûr. "Comme je le disais à l'instant, poursuivit-elle, votre place est derrière un bureau ou une chaire de professeur. Félicitations pour votre nomination. J'espère que la vie vous apportera tout ce que vous désirez."

Bien qu'il sût pertinemment que le fait qu'elle approuvât ou non ses projets n'aurait aucune incidence sur ses choix et que son avenir n'aurait rien à voir avec elle, son attitude et ses paroles l'avaient mis mal à l'aise, de sorte que sentant que son enthousiasme n'était ni partagé ni compris, il se mura dans le silence. Elle but son thé sans un mot ; il se cala dans son fauteuil et vit leurs silhouettes qui se reflétaient à l'infini dans les miroirs entre les palmiers en pot et les guéridons dorés, ainsi que celles des autres clients – des femmes en manteau de fourrure, quelques messieurs d'un certain âge, un écolier en uniforme d'Eton en compagnie d'une vieille dame coiffée d'une toque – tous conversaient poliment à voix basse. Autour d'eux, le serveur se mouvait sans bruit.

"Vous connaissiez le Ritz ?" demanda Gerda ; il s'aperçut qu'il était en train d'observer les gens, tel un rustaud venu tout droit de sa campagne, et il sentit le rouge lui monter aux joues.

La question était sans malice mais il n'arrivait pas à se défaire de l'idée que, sous ses airs affables, elle n'ouvrait la bouche que pour le critiquer à mots couverts.

“Non, répondit-il, c’est la première fois que je viens ici.

— C’est très bien situé, j’y viens souvent quand je dois voir quelqu’un en ville.

— Vous habitez près d’ici ?

— À Belgravia. Et puis j’aime aussi leur champagne.”

Le serveur, ayant remarqué qu’ils avaient terminé, s’approchait déjà pour leur reproposer le plateau de pâtisseries. Gerda secoua la tête et il revint à Nikolaas de faire un choix parmi les éclairs, les choux à la crème et les petits fours.

“Et vous, avez-vous décidé ce que vous allez faire ?” Elle ne comprit pas tout de suite le sens de sa question. “Je veux dire, est-ce que vous allez retourner en Allemagne ?

— Oh, ça, c’est une décision que j’ai prise il y a longtemps, répondit-elle avec indifférence. Je ne me pose même plus la question.” L’air absent, elle se mit à jouer avec ses gants qu’elle avait posés près d’elle sur le canapé, à côté de son sac à main. “Cet été, pendant que j’étais à Durham, j’ai reçu une demande en mariage de quelqu’un qui appartient à une très bonne et très ancienne famille, un homme que mes parents seraient tout à fait disposés à accepter.

— Et vous avez dit oui ?

— Il possède une propriété dans le Nord, une maison de maître à Londres, et il est introduit à la Cour. Si je l’épousais, je serais acceptée, bien que je sois étrangère. Je pourrais rester ici et me fondre dans le paysage.” Elle rit. “Manifestement, cet été nous a réussi à tous les deux. À vous, avec votre poste à l’université, et à moi, avec ma demande en mariage.

— Cet homme, vous allez l’épouser ?”

Elle secoua résolument la tête.

“Non, dit-elle comme si la réponse allait de soi. Non, je vais rentrer en Allemagne. Ce n’est pas chez moi, ici.

— Et une fois là-bas, que ferez-vous ? demanda-t-il au bout d’un moment, voyant qu’elle était de nouveau plongée dans ses pensées et ne disait plus rien.

— Dans un premier temps, la même chose qu’avant – je resterai à la maison, je ferai la lecture à ma grand-mère, je monterai à cheval avec mon père. J’irai au culte le dimanche. Les premiers temps, en tout cas.

— Vous habitez la campagne ?

— Oui. Vous avez entendu parler de la Prusse-Orientale ? C’est une région assez reculée mais c’est très beau, quand on connaît.

— Ce n’est pas un peu loin de tout ?

— Nous avons une grande famille. Les voisins habitent loin mais il y a les domestiques, les métayers, les paysans, et ma grand-mère a tout un cercle de pasteurs et d’étudiants en théologie qui se réunissent souvent chez nous. Il y a toujours du monde.” Elle lissa les doigts de son gant, leva la tête et le regarda droit dans les yeux. “J’ai hâte de rentrer. De traverser le parc le dimanche, que nous allions au temple tous ensemble avec nos bibles et nos cantiques dans la grisaille et le froid de l’hiver, parmi les troncs d’arbres dénudés.

— Ce doit être très différent de l’Angleterre.

— Oui, bien sûr, mais c’est un peu comme Walsingham, voyez-vous ? Lorsque vous m’avez parlé de Walsingham, cela m’a fait penser aux dimanches matin, chez moi : la procession avec ses bannières, ses litanies que l'on psalmodie le long des allées verdoyantes jusqu'au lieu du pèlerinage ; ou encore à ce dimanche matin, lorsque nous sommes allés au temple avec les Chalmers." Elle sourit à l'évocation de ce souvenir. "La vieille église, les petits garçons en surplis, tous ces gens réunis pour confesser leurs péchés, louer Dieu et témoigner. C'est cela que j'ai trouvé si beau et qui m'a tant émue : ces gens qui venaient porter témoignage."

Il avait du mal à suivre le fil de ses pensées mais par bonheur le serveur revint débarrasser leur table, lui évitant de répondre.

L'heure du thé touchait à sa fin ; autour d'eux les gens s'apprêtaient à partir. Il songea que c'était l'automne, que le jour avait dû baisser, et il attendit que Gerda mette fin à la conversation et lui dise au revoir. Il tenta de jeter un coup d'œil discret à sa montre.

"Vous êtes pressé ? demanda Gerda ; il se sentit comme un écolier pris en flagrant délit.

— Non, pas du tout. Mon oncle et ma tante sortent ce soir et ils ont dit aux domestiques de me préparer quelque chose à manger.

— Vous vous souvenez du concert de Schubert, à Wattisham ? dit-elle soudain.

— Oui, bien sûr.

— C'était une belle soirée. Tout d'abord, je n'avais pas très envie d'y aller, il faut dire que c'était la veille de mon départ, mais je suis contente d'avoir laissé Mme Chalmers tout organiser pour nous – et aussi que nous n'y soyons pas allés en groupe, mais seulement vous et moi.

— Honnêtement, je crois que vous auriez pu trouver une meilleure compagnie que la mienne. Je ne connais rien à la musique.

— Vous n'avez pas aimé le concert ?"

Il ne trouva pas tout de suite les mots justes pour expliquer le fond de sa pensée.

"Je ne l'ai pas compris, dit-il enfin. Pourtant, j'ai eu l'impression qu'il s'était passé quelque chose. Au retour, rien n'était plus pareil que lorsque nous sommes arrivés."

Elle hocha la tête.

"Alors, c'est la preuve que vous l'avez compris. Vous l'avez écouté.

— Ce soir-là…

— Oui ?

— Sur le chemin du retour, dans la voiture. Vous avez fait une citation, quelque chose en allemand.

— Rilke, dit-elle.

— Pourquoi ?"

Elle réfléchit :

"Parce que je savais que quelque chose venait de prendre fin, comme une fleur qui aurait refermé ses pétales, je sentais que quelque chose était fini pour toujours et que je ne reviendrais plus jamais en Angleterre. Ce soir-là c'est aussi à tout cela que j'ai dit au revoir, à la sécurité, à la chaleur d'un foyer, et j'ai accepté le côté irréversible de ma décision. Ce soir-là j'avais déjà dit non à ce pauvre Guy, bien qu'il n'eût pas encore fait sa demande en mariage." Elle jeta un rapide coup d'œil à sa montre-bracelet. "Vous ne voulez pas boire quelque chose ?

— On peut commander à boire ici ?

— Mais bien sûr, dit-elle. Il suffit d'appeler le serveur.

— Puis-je vous offrir une coupe de champagne ? demanda-t-il tout à trac.

— Oui, avec plaisir", répondit-elle avec le même empressement ; il fit signe au serveur de s'approcher.

Ce ne fut qu'au moment de passer la commande qu'il se rendit compte qu'il n'aurait vraisemblablement pas assez d'argent pour payer le thé dans un hôtel tel que celui-là, et encore moins pour le champagne. Pour Gerda, manifestement, la question de l'argent ne se posait pas. Rien d'étonnant, songea-t-il en jetant un regard furtif à ses bas de soie, à ses pendants d'oreilles, à ses fourrures, à ses vêtements de prix, discrets mais dépourvus de style.

"Le bruit court qu'Hitler a l'intention d'exiger la restitution à l'Allemagne de ses anciennes colonies, dit-il.

— Qu'est-ce qui vous fait dire cela ?

— Je l'ai lu hier dans le journal.

— Vous vous intéressez à ce qui se passe en Allemagne ?

— Je n'y connais pas grand-chose, juste ce que je lis par hasard dans les journaux. L'Allemagne, j'avais pensé y aller l'été dernier, puis Robert m'a invité dans sa famille.

— Pourquoi précisément en Allemagne ?

— Je crois que c'est un pays intéressant. Un beau pays."

Elle réfléchit à sa réponse.

"Oui, pour un visiteur, c'est sans doute un beau pays.

— Pas quand on y vit ?

— Quand on y vit… On voit bien autre chose que les paysages et les monuments. On voit, on entend beaucoup trop de choses."

Le serveur reparut sans un bruit et déposa les coupes sur le guéridon entre eux deux. Gerda leva la sienne :

“À votre retour en Afrique du Sud, dit-elle.

— Et à votre retour en Allemagne !”

Il hésita, goûta, puis reprit une gorgée, agréablement surpris par le côté sucré du champagne.

“Oui, dit Gerda, il est peut-être temps de songer au retour – il y a trop longtemps que j’essaie de différer ce moment.

— Pourtant, il y a un instant encore, vous disiez avoir le mal du pays.

— Ce qui me manque, c’est la maison, la propriété. L’Allemagne, j’ai tenté d’y penser le moins possible pendant tout l’été.

— Et vous y êtes parvenue ?”

Elle secoua doucement la tête.

“Non, pas vraiment ; elle était toujours là, en arrière-plan. La nuit, parfois, cela m’empêchait de dormir. Vous connaissez Heine ? Désormais, je vais de nouveau me retrouver confrontée à tout cela. Pour rentrer chez moi, je devrai traverser le pays de long en large, franchir des postes de douane ornés de drapeaux à croix gammée, déambuler dans des villes peuplées d’hommes en chemise brune, passer devant des affiches qui me rappelleront tout ce qui se passe là-bas.

— Une fois chez vous, vous pourrez oublier tout cela.

— Croyez-vous qu’il soit si facile d’oublier ?

— Mais chez vous, dans votre propriété, est-ce que vous remarquez tellement ce qui se passe dans le reste du pays ?

— Non, pas vraiment. Nous continuons à vivre comme nous avons vécu ces deux cents ou trois cents dernières années, tout cela est très loin de nous.

— Alors, ce n’est pas la peine de vous faire du souci.

— Pourtant tout cela existe bien, que l'on veuille le voir ou non. Cela existe tout autour de nous, même si on l'ignore ou si l'on tente de l'ignorer, et le fait même de l'ignorer vous y replonge.

— Je ne connais pas suffisamment la situation pour me prononcer, se défendit-il.

— Il est sans doute préférable de vivre dans son monde, dans son bureau, assis à sa table de travail, au milieu de ses livres." Elle considéra l'idée un instant et sourit, comme si cela l'amusait. "Vous aimez ? demanda-t-elle d'un ton léger en désignant sa coupe vide.

— Oui, c'est bon.

— Et si nous en reprenions ?"

Ce fut elle, cette fois, qui fit signe au serveur de s'approcher avant que Nikolaas eût le temps de répondre et qui passa la commande. Il songea vaguement qu'il aurait dû se sentir vexé mais cela ne le tracassait plus. Le champagne, qu'il avait bu trop vite, lui était monté à la tête. Ils attendirent en silence, chacun d'un côté de la table, mais ce silence avait cessé de l'incommoder. Ils s'étaient tout dit, ils avaient clos la cérémonie de leurs retrouvailles et avaient mis un terme à la conversation, il ne leur restait plus qu'à se lever, à prendre leurs manteaux et à s'en aller, au lieu de prolonger indéfiniment la rencontre ; néanmoins, la perspective d'une deuxième coupe le réjouissait.

Le champagne arriva, qu'ils burent sans mot dire. Il songea à sa chambre à l'université, qu'il avait déjà à moitié vidée en prévision de son départ, aux affaires qu'il avait emballées pour les expédier par bateau ou qu'il avait données, aux livres qu'il avait revendus à des bouquinistes. Sa vie, désormais, était vide, il était libre de toute obligation ; tante Elizabeth lui avait bien proposé d'habiter chez eux à Sussex Gardens pendant les quelques semaines qui précédaient son retour, mais sans trop savoir pourquoi il n'avait pas donné suite à l'invitation et il était resté dans sa chambre, tel un voyageur en transit, comme s'il attendait encore que quelque chose se produise. Il avait fait ses derniers adieux, il ne lui restait plus qu'à prendre congé de Robert, Robert qui lui avait dit qu'il faudrait qu'ils aillent dîner ensemble une dernière fois, qu'ils devraient se retrouver à Londres pour un dîner d'adieu. Robert, bien que très pris par ses études et son cercle d'amis, était toujours aussi gentil mais ils ne se voyaient plus que de loin en loin. Il avait reçu une lettre de Mme Chalmers dans laquelle elle l'assurait de son amitié et lui posait mille questions de sa grande écriture claire qui couvrait toute la surface de la feuille et débordait dans la marge. Elle écrivait que la maison était calme depuis le départ de Robert et le retour de Prudence au pensionnat. Helen passait le week-end dans la famille de John. Les forêts avaient revêtu leurs magnifiques couleurs d'automne et les chrysanthèmes, cette année, étaient superbes. Il fallait absolument qu'il vienne les voir – quels étaient ses projets pour Noël ? Et – ajoutait-elle en post-scriptum – pourrait-il envoyer une carte postale à Prudence, s'il en trouvait le temps ? Elle lui donnait l'adresse de l'école. Cela lui ferait tellement plaisir. Il n'en avait toutefois pas touché mot à Gerda, pas plus qu'il n'avait dit à Robert qu'il avait rendez-vous en ville avec Gerda aujourd'hui.

"Vous savez, dit-il soudain, je pense souvent à la musique que nous avons entendue ce soir-là, à Wattisham."

Il vit à son regard qu'elle pensait à tout autre chose.

"Le trio ?

— Oui. C'est étrange mais quand j'essaie de me rappeler la mélodie, je n'y arrive pas et à d'autres moments, tout me revient soudain en mémoire, sans le moindre effort."

Il n'était pas certain qu'elle eût écouté ce qu'il disait et ne savait pas non plus lui-même ce qu'il voulait exprimer, ni pourquoi il tentait de le lui dire. Pour la première fois, cependant, il se sentait tout à fait à l'aise en sa compagnie, sans craindre d'être jugé ou désapprouvé. Était-ce elle qui avait changé, ou lui ?

"Et si nous commandions une autre coupe ? proposa-t-il étourdiment.

— Merci, Nicholas, mais je dois rentrer maintenant." Elle rassemblait son sac et ses gants et il n'eut d'autre choix que d'appeler le garçon, sans savoir comment il réglerait l'addition, mais comme il faisait le geste de chercher son portefeuille, tout en sachant parfaitement qu'il n'avait pas assez d'argent sur lui, elle lui tendit sous la table un billet de cinq livres plié en quatre. "Non, dit-elle d'un ton ferme sans lui laisser le temps de protester, l'addition est pour moi. C'est moi qui ai lancé l'invitation."

Il comprit que résister, même par politesse, n'aurait aucun sens ; déjà elle s'était levée et avait jeté sa fourrure sur ses épaules. Le garçon chercha de la monnaie ; il lui fallait encore aller reprendre son manteau, son chapeau et son écharpe au vestiaire, et l'intimité qui s'était installée entre eux de manière si inattendue disparut à nouveau.

Ils sortirent dans la grisaille de la fin d'après-midi ; le portier porta la main à sa casquette et leur demanda s'il devait leur appeler un taxi.

“J’ai envie de marcher, dit Gerda. Vous m’accompagnez ? À moins que vous ne soyez pressé ?

— Non, protesta-t-il, j’ai tout le temps.

— J’aimerais me promener le long du Mall – cela ne vous ennuie pas ? Ce sera la dernière fois, car mon programme pour le peu de temps qui me reste à passer à Londres est très chargé. Je n’aurai plus la liberté de faire ce dont j’ai envie.

— Est-ce à dire qu’en ce moment, vous êtes libre ? Je ne fais pas partie des obligations ?

— Non, vous n’en faites pas partie. Avec vous, je me sens tout à fait libre.”

Il garda le silence tandis qu’ils marchaient en direction de Saint James.

“Je me demande bien pourquoi”, dit-il alors.

Elle ne releva pas.

“Vous devriez boire du champagne plus souvent, savez-vous ? Vous êtes totalement différent.

— Que voulez-vous dire ?

— Vous êtes beaucoup plus humain, beaucoup moins emprunté, moins sur vos gardes. Vous êtes peut-être même en train de devenir vous-même, pour la première fois depuis que je vous connais.

— Et pour la dernière”, ajouta-t-il sans réfléchir. Oui, songea-t-il, c’était indéniable, quelque chose entre eux avait changé ; le ton de leur conversation n’était plus le même. “À vous entendre, on croirait que je suis quelqu’un de tout à fait inaccessible, ajouta-t-il.

— C’est l’impression que vous donnez, comme je vous l’ai dit cet après-midi.

— Et vous, donc ?” rétorqua-t-il – il regretta sur-le-champ sa balourdise mais Gerda ne se vexa pas. Elle le regarda d’un air froid, inquisiteur, impassible.

"Moi ? répéta-t-elle sans le quitter des yeux, attendant qu'il réponde.

— Vous aussi, vous paraissez inaccessible, dit-il, légèrement mal à l'aise.

— Vraiment ?" Elle considéra la chose avec un intérêt poli et attendit qu'il en dise davantage.

"Vous donnez l'impression d'être totalement autosuffisante, comme si vous étiez pleinement convaincue de tout ce que vous faites et que vous n'aviez besoin de personne."

Sa voix se brisa. L'effet de griserie du champagne s'était dissipé, il n'avait pas résisté à la froidure de l'après-midi d'automne, le réalisme avait repris le dessus et il comprit que la spontanéité de ses remarques était maladroite. Gerda, pourtant, ne donnait nul signe d'impatience.

"On a toujours besoin des autres, dit-elle ; nous faisons tous partie du genre humain. Mais pour le reste – c'est vrai, je suis totalement convaincue de ce que je fais. Je ne demande l'approbation de personne, ni explicitement ni implicitement. Cela vous semble étrange ?

— Disons que je n'y suis pas habitué, marmonna-t-il, mal à l'aise.

— Non, bien sûr que non. Il faut être poli, faire preuve de savoir-vivre, de circonspection – rentrer dans le moule pour pouvoir occuper sa place dans la société, c'est ce que nous finissons tous par faire, plus ou moins. Tôt ou tard, cependant, il arrive un moment où l'on ne peut plus suivre les autres, et l'on doit alors prendre position et agir selon ses convictions, sans aucun compromis.

— Et ce moment, pour vous, il est arrivé ?

— Oui, au cours des trois ou quatre dernières années."

Ils poursuivirent leur promenade en silence et passèrent devant le palais Saint James que gardaient des sentinelles immobiles. Le lierre qui poussait sur le mur de briques marron de Clarence House avait commencé à changer de couleur et les arbres, dans le parc, étaient nus.

"Eh bien moi, dit-il enfin, ce moment, je l'attends encore. Pourtant, vous me voyez comme quelqu'un d'inaccessible.

— Peut-être cette inaccessibilité est-elle due à l'incertitude, à l'angoisse – vous n'avez pas une grande confiance en vous, n'est-ce pas ?"

Le ton sur lequel elle avait dit cela était dépourvu d'hostilité et la question était purement rhétorique mais il demeura interdit, ne sachant que faire, si ce n'est de tenter de donner un autre tour à la conversation.

"Je ne sais pas pourquoi vous perdez votre temps avec moi", observa-t-il d'un ton badin ; Gerda resta silencieuse si longtemps qu'il crut qu'ils allaient en rester là.

"Vous vous souvenez de ce jour où nous devions aller à Wattisham ? demanda-t-elle alors. Robert était invité à dîner au Hall, il était clair qu'il mourait envie d'y aller et de voir Cecily mais il y a tout de suite renoncé. Il avait des obligations envers nous, ses invités, et pour lui il allait de soi qu'il les honorerait. C'est vous qui avez insisté pour qu'il y aille – c'est exact, n'est-ce pas ?"

Il fronça les sourcils :

"Pourquoi, ce n'était pas ce qu'il fallait faire ?

— Oh, je ne parle pas de l'étiquette. Vous étiez son invité, il vous a consacré toutes ses vacances. Peut-être ne l'avez-vous jamais remarqué, peut-être l'a-t-il fait avec trop de tact, trop de discrétion. Vous aviez, en tout état de cause, un certain droit sur lui, vous auriez pu considérer comme naturel qu'il nous accompagne, pourtant vous ne l'avez pas fait : vous lui avez rendu sa liberté. Vous êtes sorti de vous-même et vous avez eu ce geste."

Il fronça de nouveau les sourcils, se demandant pourquoi elle évoquait cette affaire ; il était bouleversé par ses paroles, par les critiques implicites qu'elles comportaient et par le souvenir de ce matin d'été où il était assis en face de Robert à la table du petit-déjeuner. Gerda n'en dit pas davantage et s'arrêta à l'angle du Mall :

"Regardez", dit-elle.

En cette fin d'après-midi de novembre, le cocon de grisaille qui enserrait toutes choses – la ville blafarde noyée dans la fumée, les silhouettes floues des branches sous un ciel plombé – s'était soudain fendu, cependant qu'au ponant un crépuscule rouge sang irradiait l'horizon. Lentement, ils descendirent le Mall en direction de cette lumière incandescente qui enflammait le parc, derrière le Palais. C'est la fin, songea-t-il, encore quelques instants et ils s'arrêteraient à l'angle d'une rue pour se dire adieu. Déjà le jour baissait et l'on distinguait, à travers le voile du ciel couleur lavande, la faible lueur des phares des voitures qui glissaient sans bruit sur toute la largeur du Mall. Derrière les arbres et les réverbères frappés d'armoiries, derrière les flèches du Victoria Memorial et les fenêtres sombres du Palais, le ciel, cependant, écarlate, flamboyait toujours.

"C'est l'Allemagne, dit Gerda d'une voix étouffée, toujours l'Allemagne, quoi que je regarde, quoi que je fasse. Tout me rappelle l'Allemagne et maintenant d'autant plus, maintenant que l'heure du retour approche.

— Qu'est-ce qui vous fait penser à l'Allemagne en ce moment précis ? demanda-t-il.

— Je ne sais pas – le crépuscule, la tombée de la nuit, ce ciel qui change de couleur. Est-ce une menace ou une promesse – mais vous, Nicholas, qu'en pensez-vous ?"

Il ne savait pas où elle voulait en venir et le fait qu'elle l'appelle par son prénom était chaque fois pour lui un sujet d'étonnement. Elle, qui tout l'été avait fait preuve d'une réserve certaine et avait évité tout signe de proximité, voilà que tout à coup elle l'appelait par son prénom !

"C'est sans doute une menace, dit-il lentement. Tout est menace. J'ai peur en permanence."

Il n'y avait pas d'autres piétons qu'eux sur le vaste trottoir : ils poursuivirent lentement leur chemin, la lumière du soleil couchant leur faisait plisser les paupières.

"La situation en Allemagne est-elle vraiment si terrible ?"

Elle secoua la tête :

"Lorsque j'étais enfant, tout était encore sûr et sans danger, bien que ce fût une époque de guerre et de révolution, de défaite, d'émeutes et de pauvreté. J'ai grandi dans cette grande maison et la réalité ne m'a jamais atteinte – la loyauté de nos fermiers et de nos domestiques et l'amour de ma famille étaient comme une carapace qui me protégeait." Tout en cheminant à ses côtés, il attendait en silence qu'elle en dise davantage. "J'habitais un paradis, reprit-elle alors lentement, et parfois je m'imagine qu'il est encore possible de retourner m'y réfugier et d'en franchir à nouveau le seuil ; mais ce n'est pas le cas. Ce paradis, je l'ai perdu, j'ai mangé la pomme, je ne peux plus me bercer d'illusions." Elle eut un geste d'impatience : elle parlait à voix basse, de manière décousue, comme si elle réfléchissait et que peu lui importait qu'il l'écoutât ou non. "Je vous ai dit en début d'après-midi que dans notre propriété, nous étions encore préservés de ce qui se passait dans le reste du pays mais ce n'est pas vrai : le serpent a réussi à se faufiler jusque dans notre paradis. Ces dernières années… au début, ce n'étaient que les bulletins d'information à la radio, des combats de rue à Berlin ou dans d'autres villes, des communistes jetés en prison – personne que l'on connaissait. Qui donc connaît des communistes ? Puis ce furent des témoins de Jéhovah, des pasteurs, des curés, des gens que l'on arrêtait parce qu'ils étaient chrétiens pratiquants, tout comme nous."

Ils bifurquèrent en direction de Constitution Hill ; la rue était bordée d'un côté par les arbres centenaires de Green Park et de l'autre par le mur noir de suie du jardin du Palais qu'illuminaient les derniers rayons du soleil couchant encore visibles à travers les branches.

"Un jour au village, dans *notre* village, nous avons vu des enfants en uniforme de l'une de leurs organisations de jeunesse. Un jour, le fils du cuisinier est arrivé vêtu d'un uniforme brun – cela dans notre propre maison. Elle marqua une pause. L'un des étudiants en théologie, de ceux qui participaient à nos groupes de discussion pendant les grandes vacances, a été arrêté et ma grand-mère a commencé à lui envoyer des colis de nourriture. Maintenant, elle en envoie vingt ou trente par semaine à des gens qui sont dans des camps, des gens que nous connaissons. Le cercle s'est élargi jusqu'à nous – enfin, pas nous directement, du moins pas encore, mais jusqu'à des gens dont nous sommes proches. Pas plus tard que cet été, alors que j'étais en Écosse, j'ai reçu une lettre de ma famille. L'ancienne dame de compagnie de ma grand-mère – ils sont allés la chercher chez elle, elle a demandé si elle pouvait mettre son manteau, elle est montée au premier étage et s'est jetée par la fenêtre." Il était incapable de dire quoi que ce soit mais de toute évidence elle souhaitait continuer à parler et n'attendait pas de réponse. "Le cercle se referme, dit-elle. Ensuite, ce sera notre tour.

— Pas nécessairement. Ces gens que l'on arrête ont sûrement fait quelque chose, ils devaient d'une manière ou d'une autre représenter une menace pour les autorités. Si l'on ne fait rien…"

Elle l'interrompit :

"Mais comment vivre si l'on ne fait rien ? Si l'on entend, si l'on voit, si l'on se tait et si l'on continue comme si de rien n'était, si l'on voit l'injustice interférer jusque dans sa propre vie et si on l'ignore ?

— Il y a sans doute pas mal de gens qui s'en accommodent.

— Presque tout le monde en Allemagne s'en accommode, semble-t-il, rétorqua-t-elle d'un ton âpre. Mais comment, ensuite, peut-on se regarder dans la glace ? Qui ne dit mot consent ; cela signifie que l'on devient complice du crime."

Il ne parvenait pas à comprendre la nature de son problème.

"Vous ne pouvez pas vous marier avec cet ami et rester en Angleterre, tout simplement ?

— Épouser Guy ? Ce serait une fuite, pas une solution ; je n'en serais pas moins complice. Quant à l'Angleterre – non, même l'Angleterre n'est plus pour moi le refuge qu'elle était autrefois. Il fut un temps où c'était un paradis sans tache, vous voyez ce que je veux dire ? Sûr, propre, inviolable… maintenant en revanche, maintenant que j'ai croqué la pomme, comme je vous l'ai dit, je ne me sentirais plus en sécurité ici non plus, que ce soit dans la propriété de Guy, en province, ou dans sa maison de Hill Street.

— Et alors ? demanda-t-il maladroitement.

— Alors, on continue. On se souvient, on se retourne, on voit derrière soi l'ange qui veille à l'entrée et on se fraie un chemin à travers les chardons et les orties." Elle sourit comme si elle voyait dans sa tête l'image en détail. "Le paradis, on l'emporte avec soi, poursuivit-elle. Il est dans les choix que l'on fait, non dans le monde qui nous entoure ; ce en quoi l'on croit fleurira dans la main, comme la verge d'Aaron."

Parvenus à l'angle de Hyde Park, ils s'arrêtèrent. La lumière du soleil couchant avait disparu et les phares des voitures brillaient de plus en plus dans la grisaille du crépuscule.

"Dans quelle direction allez-vous ? demanda-t-il.

— Ce n'est plus la peine de m'accompagner – je n'ai plus qu'à traverser la place. Je vous ai déjà fait faire un détour." Il était sur le point de protester mais elle ne l'écoutait pas. "J'espère que tout ira bien pour vous, dit-elle sans aucune chaleur.

— Peut-être nous reverrons-nous", commença-t-il ; elle secoua la tête.

"C'est peu probable. À partir d'ici, nos chemins se séparent et divergent trop l'un de l'autre.

— Nous resterons peut-être en contact.

— Oui, peut-être.”

Il s’attarda encore quelques instants, rechignant à prendre congé, mais il n’y avait chez elle aucune hésitation : déjà elle s’était retournée pour traverser la rue et ne lui jeta qu’un regard fugace.

“Pensez à moi de temps en temps, Nicholas, dit-elle comme si elle lui demandait un service. Quand vous repenserez à cette soirée, souvenez-vous de moi aussi. Faites-moi une place dans vos souvenirs.”

Elle s’éloigna avant qu’il pût répondre ; il la vit, dans la lumière des phares, se faufiler rapidement entre les voitures qui remontaient Constitution Hill, très droite, ses fourrures sur les épaules, puis, parvenue sur le trottoir d’en face, elle disparut. Les phares des voitures qui l’aveuglaient l’empêchaient de la voir dans l’ombre des arbres, cependant qu’elle longeait le mur du Palais plongé dans la pénombre et tournait à l’angle d’une rue.

Il traversa Green Park, regagna les lumières de Piccadilly ; le parc était désert, les grands arbres dénudés ; des feuilles en tas attendaient d’être brûlées. J’ai tout le temps, songea-t-il ; dans la maison de Sussex Gardens nul domestique ne l’attendait, seules une lumière blafarde dans le vestibule et une autre dans la salle à manger où son couvert était mis, la serviette, humide à cause du froid, et le vin frais dans la carafe.

Il marcha lentement le long des allées désertes, comme s’il lui fallait mettre un peu d’ordre dans ses pensées avant de reprendre le fil de sa vie quotidienne. À l’après-midi qu’ils avaient passé ensemble succéda un sentiment de tristesse et de solitude. Gerda était partie, l’été était fini, son séjour en Angleterre touchait à sa fin. Il songea à tous ces endroits qu’il ne reverrait plus, à toutes ces voix qu'il n'entendrait jamais plus.

En ce soir d'automne, comme il déambulait en regardant au loin les phares des voitures derrière les grilles du parc, il se remémora avec nostalgie cet été et se dit qu'il aurait voulu soulever le loquet, ouvrir la porte et retrouver le jardin baigné de soleil et la famille qui l'attendait à l'ombre des arbres.

Il rentrerait en Afrique du Sud où une nouvelle vie l'attendait mais cela ne le consolait pas ; il était à la veille de son départ et souffrait d'un sentiment de perte, comme s'il avait laissé glisser entre ses doigts un bien précieux qu'il aurait perdu sans même s'en rendre compte. Ce joyau, quel était-il ? Quel était ce cadeau qu'il n'avait pas vu au milieu de tous ces jours, de toutes ces voix et de tous ces visages ?

Plus tard, lorsqu'il y repenserait, il comprendrait, lorsqu'il aurait retrouvé le repos et que tout serait clair et limpide ; plus tard, lorsque, son voyage achevé, un seul regard lui suffirait pour appréhender et reconnaître le territoire qu'il avait laissé derrière lui. Pourtant, bien qu'il tentât de se consoler par cette pensée, il savait que ce n'était qu'un leurre et qu'il conserverait toute sa vie le souvenir d'avoir vécu ces moments sans les comprendre pleinement, d'avoir vécu quelque chose qu'il n'avait jamais véritablement appris à connaître ; quelque chose qu'il avait perdu à jamais et qu'il posséderait pour toujours.

27 janvier 1979

OUVRAGE RÉALISÉ
PAR L'ATELIER GRAPHIQUE ACTES SUD
ACHEVÉ D'IMPRIMER
SUR ROTO-PAGE
EN SEPTEMBRE 2022
PAR L'IMPRIMERIE FLOCH
À MAYENNE
POUR LE COMPTE DES ÉDITIONS
ACTES SUD
LE MÉJAN
PLACE NINA-BERBEROVA
13200 ARLES

DÉPÔT LÉGAL
1re ÉDITION : SEPTEMBRE 2022

N° impr. : 101077

(Imprimé en France)